現代転生した
元魔王は
穏やかな
陰キャライフを
送りたい！
隣のクラスの
美少女は
俺を討伐した
元勇者
JN043389
右薙光介
illustration mmu

CONTENTS

青天目 蒼真

なばため そうま

身長：174cm 体重：62kg

現代転生した元魔王

日月 昴

元勇者

かつて異世界レムシータを恐怖に陥れた最強の魔王レグナ。

今は現代に転生し普通の生活を送っていたが、ある日をきっかけに魔王としての「記憶」と「力」もよみがえった。

力を悪用する気はなく、平和に過ごすべく高校デビューを果たすが……。


転生前の異世界で魔王だった蒼真を討伐した女勇者プレセア。

蒼真と同じく、「記憶」も「力」も保持している。学校内では美少女と噂されているが、ちょっぴり抜けており残念なところも。

現代で再会した蒼真を討伐すべく、いつ何時でも戦闘態勢に入ってくる。

「今日一日よろしくな、すばる。

楽しいデートにしよう」

不思議そうな顔をしたすばるが、
ふんわりと顔を赤くする。

「どうした？」

「な、なんでもないのです！」

「そうか？」

すばると二人、
まるで親しい者同士のように手を繋いで歩く。

たったそれだけのことが、ひどく楽しかった。

「すばる」

「ん？」

体だけ起こして俺に馬乗りになった日月が、
顔を少し赤くして俺の鼻先に指を突きつける。

「すばる、なのです」

今日は心機一転の高校生活初日。
甘酸っぱくもキャッキャウフフな輝かしい高校生ライフが
これから始まるはずだったのに！

「滅びるがいいのです！魔王レグナ！」

「恥ずかしいからその名前で俺を呼ばないでッ！」

迫るモップに高強度の魔法障壁を展開して備える。何せあの『光るモップ』からは鉄鎧すら易々切り裂く斬撃が放たれてくるのだから。

ほっと胸をなでおろした俺は、
なんとなく日月の頭をぽんとなでる。

「……！」

「……！」

そこでようやく、お互いが半ば抱き合った状態で
いることに気がついた。

「す、すまん。プレセア」

思わず焦って、前世の名が出てしまった。

ダッシュエックス文庫

現代転生した元魔王は穏やかな陰キャライフを送りたい!

～隣のクラスの美少女は俺を討伐した元勇者～

右薙光介

プロローグじみた邂逅。


「よし、よーし……一旦落ち着こう、なっ？」

「お前を聖滅した後にそうさせてもらうのです！」

「それじゃあ、意味ないだろッ！」

連続で放たれる高速の斬撃を受け流し、俺は目の前の少女にツッコミを入れる。

まったく、なんて日だ！

今日は心機一転の高校生活初日。

甘酸っぱくもキャッキャウフフな輝かしい高校生ライフがこれから始まるはずだったのに！

「滅びるがいいのです！　魔王レグナ！」

「恥ずかしいからその名前で俺を呼ばないでッ！」

迫るモップに高強度の魔法障壁を展開して備える。

何せあの『光るモップ』からは鉄鎧すら易々切り裂く斬撃が放たれてくるのだから。

「く……ッ！」

二度、三度と放たれる輝く斬撃。それを防ぐたびにビキビキとひびの入る障壁。

避けることは可能だが……そうすると、校舎に深刻なダメージが及んでしまうだろう。

俺たち新入生のために新しく建設されたピッカピカの新校舎が、まだ授業すら始まっていない初日で破壊される光景なんてのは見たくない！

「場所、場所を変えよう！　ここだと他の人に迷惑がかかるから！」

「お前を生かしておく方がもっと危険で迷惑なのです！」

モップの柄を振りかぶった少女が、制服のスカートをはためかせて俺を睨(にら)みつける。

さすが、大した気迫だ。

「ひぇ……全然、人の話を聞かないところ、変わってないな」

「お前は随分(ずいぶん)軽薄になったのです」

「お互い、過去のことは忘れよう？　俺たち、もう魔王と勇者じゃないんだし」

「……お前が存在している以上、わたしもまた勇者なのですッ！」

「Oh……症状が重篤化(じゅうとくか)してるなぁ」

＊　＊　＊

中二病、という言葉がある。

とある辞書によると、それは『日本における思春期おおよそ中学2年生頃に見られる言動や行動。またそれを自虐する語。あるいはこの時期にありがちな自己愛的な空想や嗜好(しこう)を揶揄(やゆ)するネットスラング』とされている。

かくいう俺も、かつてはその罹患者であった。

ちょっとした若気の至りというやつである。

そして、それによって大きな問題が発生するとは、まったく予想していなかった。

――『俺の前世は魔王レグナ。異世界レムシータを恐怖のどん底に叩き落とした最強の魔王！』

実に痛々しく、それでいてとてもとても可愛らしい前世妄想系の主張。

ありがちで、些かオリジナリティに欠けた設定である。

……これが、事実でさえなければ、だ。

その台詞を吐いた瞬間に七孔噴血してぶっ倒れた俺は、一週間謎の高熱にうなされ……目覚めた時にはすっかり『魔王レグナ』としての記憶が甦ってしまっていた。

あまりにも恥ずかしい自分がいたたまれないので、いっそのこと『頭がおかしくなった』と自覚したかったが、やけに鮮明な記憶の数々がそれを否定し、あまつさえ記憶と一緒に甦った『力』の数々が俺のささやかな希望を完全に打ち砕いた。

こうして、俺――青天目蒼真――は『魔王レグナ』として現代に復活を果たしたのであった。

……とはいえ、相変わらず中身は俺のままであり、魔王の実感なんてまったく湧かない。

瞬間移動ができたり、空が飛べるようになって便利だな、だとか、これでカツアゲから逃げられるな……程度の認識だったし、この世界をどうこうしようって気にはまったくならなかった。

魔王としてのかつての自分に嫌気が差していたっていうのもあるし、せっかく今生は人間として誕生したのだから人間の生を思う存分、堪能したい。

そんな気持ちで周囲に半笑いされる中学時代を乗り切り……いよいよ高校デビューというこの時に、俺は出会ってしまったのだ。

そう、『勇者』に。

発端は中学時代から付き合いのある、ある悪友の誘い。

「隣のクラスに超可愛い女子がいるらしい……興味あるだろ？　ちょっと覗きに行こうぜ、魔王レグナ」

「次その名前で俺を呼んだら、お前の恥ずかしい過去を電子掲示板に公開してやる」

「うへへ。勘弁してください」

もと中二病仲間で、中学からの悪友である灰森耀司。

こいつの誘いに乗ったのが運の尽きだった。

あの時、少しばかり斜に構えて「興味ないね」とソルジャークラス１ｓｔみたいな返事をしておけば、こんな事態にはならなかったはずだ。

つまるところ、俺は浮かれていたのだ。

新しい生活、新しい人間関係。

そして、『超可愛い女子』というキラーワードに。

そうして、向かった隣の教室。

そこに、彼女はいた。

「お、いたいた。日月昴ちゃん。東第三中学校からだってよ」

耀司が指さす先、姿勢よく座る小柄な女子の姿が目に入った。

「……どうしてお前は、初日からそういう情報を持ってるんだ？」

「わかってないな、蒼真。可愛い女子っていうのは、事前のリサーチをどれだけしたかで、相手に与える第一印象を変えられるんだぜ？　しかし、確かに可愛いな」

やや短くまとめられた黒髪は艶やかで、整った目鼻立ちをしている。

全体的に華奢なのだが、姿勢の良さか脆さは感じない。

うん、なかなかの美少女だ。

しかし、なんだか言葉にできない悪い予感がする。

第六感だか第七感だか知らないが、できればもっとはっきりとしたエビデンスを以て俺に警告してほしかった。

「確かに可愛い。よし、戻ろう」

「声かけないのかよ？」

「陰キャに無理を言ってはいけないな、陽キャ野郎」

そんなことをぼそぼそ扉のそばで言い合っていると、背筋にぞわりと怖気が走った。

今生では感じたことがない類の気配……間違いない、これは殺気だ。

「む。おい、耀司……耀司？」

隣を見ると、耀司の姿はすでにない。

以前から逃げるのが得意な奴だとは気がついていたが……なんて姿を消すのが早いんだ！

「そこのあなた、待つのです」

そそくさと退散しようとしたが、どうやら俺は失敗したようだ。

件の美少女はこちらに黒い双眸を向けて、今まさに席を立つところだった。

「……お、俺かな？」

「あなたなのです。妙な気配がするのです」

近寄ってきた少女は、思いのほか小さい。

しかし、その言葉には肝が冷えた気がした。

バレるわけがないと思いつつも、これは逃げられないという確信じみた諦観もあった。

「何がかな？　……日月さん？」

「ッ！　何故わたしの名前を知っているのです？」

「……、ちょっと知り合いから聞いて？」

警戒する少女に、精一杯の作り笑いをする。

陽キャなら爽やかに切り抜けようって場面かもしれないが、元魔王で現陰キャな俺にそんなスマートな返しができようはずもない。

「……」

「……」

お互い、やや見つめ合って。

「……！」

「……！」

そして、思い当たる。

魂の持つ輪郭（りんかく）を、互いに認識してしまう。

「──魔王、レグナ……！」

「お前、勇者プレセア……か？」

大魔王からは逃げられないけど、魔王は逃げる。

直後、始業のチャイムが鳴るも……日月昴（たちもりすばる）の行動は迅速（じんそく）で、直情的だった。

つまり、周囲がまだ聞き馴染みのないチャイムに気を取られている間に、俺に向かって魔法式を即座に展開……攻撃魔法を放ってきたのだ。

対する俺も、迅速かつ冷静にそれに対処……魔法を打ち消して、全力でその場から逃走した。

古今東西『大魔王からは逃げられない』というのは定番の文句であるが、魔王が勇者から逃げる分には適用外だろう。

イベント上、無理やり倒したって撤退したことになってる場合もあるくらいだからな。

壁には「廊下を走らない」と太いゴシック体で書かれた張り紙があるが、構うものか。

アレの恐ろしさは身に染（し）みて知っている。

……何せ、前世において俺を殺した張本人だからな。

あいつが躊躇（ちゅうちょ）も逡巡（しゅんじゅん）もなく、本能がそれであるかのように、俺の命を鷲摑（わしづか）みにしてくるだろうことは容易に予想できた。

「待つのです！」

「……」

ここで返答などしない。

全力でダッシュする。

くそ……！

周囲に人目がなければ〈高速飛行（ハイ・フライト）〉や〈韋駄天（グレート・ヘイスト）〉を使って逃げられるのだが、校内ではあくまで一般ピーポーとして逃走しきらなくてはいけない。

でないと、俺の素敵で愉快な高校生ライフが初日で幕を閉じてしまう。

だからといって手は抜けない。

ここで手なり気なり抜けば、人生の方が先に閉ざされかねないからな。

「待て、と言ったのです……ッ！」

逃走方向に突如として姿を現す日月。

【縮地】か！

スキルを使って追いつくなんて汚いぞ！

「わたしを殺しに来たのです？」

「誤解だ！」

「ならどうしてこそこそとわたしの様子を窺（うかが）っていたのです！」

「……可愛い女子がいると聞いて？」

一瞬虚を衝（つ）かれたような顔になった日月が、そばに立てかけてあったモップを手に取る。

「軽薄な戯言を弄するようになったのです……！」

そのモップがにわかに光を帯び始める。

【聖剣】——勇者を勇者たらしめる最強クラスのスキル。

「……冗談ではない！」

あんなもので叩かれたら、体が二つに裂けてしまう。

多少裂けても回復可能かもしれないけど、人間になってから試したことがないのでやりたくない。

大体、ちょっと深爪したくらいでも痛いのだから、斬られれば斬られた分だけ痛いに決まっている！

「ここで会ったが百年目なのです！」

「時間軸が違うから百年は言いすぎじゃないか？」

「細かいことはいいのです。今すぐ、聖滅するのです」

小さなタメを作る日月。

一応、前世でもそのクセを指摘したんだけど、直ってないな。

懐かしさのようなものを覚えつつ、斬撃を伴った突進をするりと躱す。

「あ」

勢いのついた斬撃によって、天井と床の一部がスパリと切れて……俺は回避が悪手だったと思い知らされてしまった。

なんでも斬れるあのモップは危険すぎる。

その切っ先に触れたが最後、校舎と周囲の同級生たちに凄惨な結果をもたらす可能性が大きい。

そして、勇者プレセアという人物は、前世からその辺をあまり気にしない性格だった。

目的のために自分を含めた周囲の被害を想像しないか、できない。

だからチームワークというものにまるで無頓着で、最初は共に戦っていた仲間たちは離れてゆき、勇者だというのにいろんな街から追放されたりしていた。

……結局、彼女が魔王レグナの玉座の前に辿り着いた時は、たった一人だった。

早い話が、仲間にも救うべき民衆にも見限られたのだ。

それでも、文字通り命を燃やして戦った彼女は、見事に俺の討滅に成功する。

魔王としての生き方にいろいろと飽き飽きして、やる気の失せてた俺が、捨て身で戦う彼女に敗れたのは自明の理というやつだろう。

しかし……今生ではそう簡単にやられてやるわけにはいかない。

家に帰れば愛するべき両親と妹がおり、今日は入学祝いの外食（焼肉）だ。

それに、今後の高校生活では人としての青春を謳歌するつもりでいる。

前世の因果で殺されるなんてまっぴらごめんだ。

さて、事情は理解したかな？

回想を終わって、現在に立ち戻るよ？

＊＊＊

「……わたしは、常に勇者なのですッ！」

「Oh……症状が重篤化してるなぁ」

とにかく、廊下で騒ぐのはよくない。

どうせ逃げれば追ってくるのだから、俺がここに留まらなければいいのだ。

はあ……入学時オリエンテーションは諦めよう。

ウィットなジョークに富んだ自己紹介が、クラスに溶け込むために重要な最初の一手だというのに。

ため息をつきながらも、俺は一目散に男子トイレへと逃げ込んだ。

チャイムが鳴った今、ここは無人。

それでもって、女子には立ち入りがためらわれる場所であろう。

「汚いのです！　出てこなければ踏み込むのです！」

良かった。

俺同様、プレセアという女は少しばかりの常識というものを今生で身に着けたようだ。

「……やれやれ。どうしたもんかなぁ」

指をパチンと鳴らして、魔法を発動する。

〈転移（テレポート）〉の魔法はこの世界では随分とスケールダウンしたが、すぐさま俺の体を学校の外へと運んだ。

　世界中、どこでも自分の管理区域！　……って感覚の前世であれば、どこにでも行けたのだが、今では通学路とかご近所など、自分が一度行った場所か、見えている場所でないと跳べなくなってしまった。

　ちなみに今回の目標地点は、トイレの窓から見えていた……学校から一キロほど先の採石場だ。

「……逃がさないのです！」

　上空からヒーローっぽい着地で、俺の目の前に日月が現れる。

〈高速飛行（ハイ・フライト）〉の魔法でも使ったか？

　てか……お前、絶対トニー・スタークの真似してるだろ。

「逃がしてくれよ。大体、受けなくていいのか？　入学時オリエンテーション。大丈夫か？友達はいるのか？」

「ななな……」

「記憶と力が戻ったのはいつだ？　クラスで浮いたりしてないか？　元魔王は心配です」

「う、うるさいのです！　魔王を倒すのがわたしの使命なのです！」

　モップを構えなおす日月。

　この採石場は広いし、人払いの結界は張ったし、多少暴れられても大丈夫だけど……。

こいつとやり合う理由がないんだよな。

前世では立場というものがあった。

俺は世界の秩序を統括する魔王で、彼女は人間という侵略者が擁立(ようりつ)した勇者という暗殺者だった。

長い歴史の中で、世界を自分のものだと勘違いした人間たちは、人間以外の生物を追いやり、支配し、世界の管理者たる魔族を敵と定めてその領域を次々と手中に収め、最後にはその首領である俺を殺した。

生存競争の末の結果だった、と理解すればあまり恨みもない。

しかし、そんなしがらみをこの世界に持ち込む必要などないだろう。

俺たちは十代の青春を楽しむ、ただの高校生であっていいはずだ。

「プレセア。いや、日月さん。ちょっとだけ話を聞いてくれ」

「断るのです。魔王の甘言(かんげん)に乗せられはしないのです！」

「いや、世界の半分とかそういう話じゃないからさ……」

「問答無用、なのです！」

振りかぶったモップに力が集束されていく。

本気の殺意が、ひりつく空気となって俺に叩きつけられる。

「魔王滅ぶべし、なのです」

ため息をついて、障壁を解き……俺はその場に座り込む。

「青天目蒼真だ」

「……？」

「俺は魔王レグナじゃなくて、青天目蒼真だ。会社員の父親と、専業主婦の母親。それに中一の妹がいる。西門高校一年生。クラスはB組。趣味はゲームとカラオケ。好きな歌手は『柑橘星』」

　端的に、面白みのない自己紹介をする。

「だから何なのです？」

「自己紹介は終わったよ。さぁ、殺れ」

　俺の言葉に怯んだそぶりを見せる日月を、ちらりと見上げる。

「そんでもって、その後は俺の両親と妹に前世が魔王だったので殺しましたと正直に伝えろ。葬式くらいはあげてほしいからな」

「何を言っているのです……⁉」

「もしかしたら警察に捕まって裁判になるかもしれないが安心しろ。勇者なので魔王を殺しました、と言えば心神喪失が狙える。ま、それだけ力が有り余ってれば、官憲の手を振り切ることも可能だろうけどな」

　俺の言葉に、日月の顔が小さく引きつった。

　諦めたふうを装って、ペラペラと俺は話す。

　念のために保険はかけてあるが、これで俺を本気で殺しにかかってくるようなら……日月昴という人間はこの世界に向いてない。

そうなった場合……前世ではあえてしなかったえげつない方法で、コイツを止める。

でなければ、この世界の危機となるのは、おそらくコイツのほうだからな。

「……ッ」

「お前はその聖剣を振り下ろしてもいい。ただし、今からお前が殺すのは魔王レグナじゃない。今日初めて会った、家族も友人もいるただの一般高校生男子だ」

しばしの沈黙の後、カランと音を立ててモップが地面に転がった。

俺の前まで歩いてきた日月が、ぺたりと座り込む。

「どうしてなのです……？　わたしは命を懸けてお前を滅したのですよ？　わたしは世界を救ったのですよ？」

「知っている」

「この人生では、勇者じゃなくて、普通の女の子として……生きていくはずだったのです」

「同じだよ」

「なのに、どうして、今更……あなたが現れるのです？」

まったくもって同意見だ。

何の因果か、どこの狂った神の采配か知ったことではないが、もう少し気を遣ってほしい。

「俺が聞きたい。せめて別の国だとかさ……いろいろあるよなぁ」

「あなたはわたしが憎くないのです？」

「憎い」

俺の言葉に、日月が少しばかりショックな顔を見せる。

「おかげさまでオリエンテーションに参加できなかった。昨日一晩かけて考えたキャッチーな自己紹介をどうしてくれる。しかも、初日からサボりとか絶対先生に怒られるし、クラスメートから距離を置かれる……はぁ……」

そう、高校デビュー失敗だ。

いや、ある意味、悪い方にデビューしてる気がする。

「もし、前世のことを言っているのならもう過ぎたことだ。生まれ変わった今、とやかく言うことじゃないだろ？」

「……」

黙り込む日月が、しばしして小さく頷く。

「日月昴なのです。父は小説家で、母は漫画家の一人っ子なのです。クラスはAで、得意科目は現国。趣味は読書なのです」

少し顔を赤くした日月が、右手を差し出してくる。

「よろしくなのです。青天目……くん？」

今度は俺が固まる番だった。

こいつは本当に、前世プレセアか？

俺の予想では、あのまま斬られる確率が70％を超えてたはずだったんだが……。

それが自己紹介の意趣返しと、仲直りの握手、だ……と？

「あ……ああ。よろしくな」

虚を衝かれた心持ちのまま、先ほどまで聖剣を握っていたその手を握る。

柔らかな感覚……そういえば、同級生女子に触れる機会なんて今までなかった。

魔王時代だって、忙しすぎて女の子と遊んだ記憶もない。

ドキリと胸が跳ね上がる。

あれ？　やばくね？

思った以上にやばくない？

今まで命狙われてた相手に、なにちょっとときめいてるの？

吊り橋効果ってやつか？

一方的に吊り橋の上から投げ落とされそうな目に遭ってたのは事実だけど。

「仕切り直しなのです」

少しスッキリした顔の日月が立ち上がり、ついでとばかりに俺を引き上げようとしてつんのめる。

「あわわ」

「おっと」

さっきまでの勇者としての身体能力はどうした。

そのまま放り投げられるレベルのパワーがあるはずだろ？

倒れかかった日月を支えようと腕を広げると、抱き寄せるような流れになってしまい……結果、抱きとめる形となった。

「時間切れなのです」

やや混乱する俺をしり目に、日月が体を脱力させる。

柔らかな感触と、日月の華奢さを体で感じてしまい、再び俺は動悸を速める。

落ち着け、相手はプレセアだ。違った、日月だ。

「時間切れ？」

「この世界で勇者の力を揮うのは時間が限られているのです……。消耗が激しすぎるのです」

「それ、俺に言って大丈夫なわけ？」

俺に抱きとめられたままの日月が、ハッとした顔をする。

「い、今のはオフレコなのです……！」

「おいおい、一番伝わっちゃいけない相手に伝わってる気がするぞ？」

小さくため息をついて、俺は日月を肩に担ぎ上げる。

「……学校に戻ろう。保健室に行っていたことにすれば巻き返せるかもしれない」

「レグナ、乙女に対してこの体勢はどうかと思うのです。まるで人さらいのようなのです！」

贅沢をおっしゃる。

完全に電池の切れた人間というのは、思いのほか重いし運びにくいんだぞ。

「〈転移〉するから、そう変わらんだろ？」

「どこになのです？」

廊下や校庭はまずいだろう。

突然、人が出現したら大騒ぎになる……つまり転移先は無人である必要があるわけだ。

……となれば、跳んだ地点となる男子トイレ？

「却下なのです！」

「まだ何も言ってないだろ⁉」

ああ……しかも、このなんだかいい匂いのする元女勇者を保健室まで運ばないといけないんだった。

でないと、言い訳プランが台無しだ。

「屋上はどうなのです？」

「馴染み（なじ）のある場所でないと跳べないんだよ。屋上はまだ行ったことがない」

こんなことなら、人のいない場所を重点的にチェックしておくべきだった。

……と、後悔したところで一カ所、条件に合致（がっち）する場所を思い出す。

「よし、跳ぶぞ」

「え。ちょっと待つのです。心の準備が――」

できてないのです、は跳んだ先……図書室で聞いた。

初日のオリエンテーション中、図書室に人がいることはあるまいという俺の予想は見事的中。

さすが俺だな、と悦（えつ）に入（い）っていると肩の荷物が呻（うめ）いている。

「目が回るのですぅ～」

「なんだ、〈転移(テレポート)〉は初めてか？」

「あれは魔族しか使わない魔法なのです……うっ、吐きそうなのです……」

「それは結構。保健室に行くリアリティがあっていいな」

えづく日月を抱きかかえ直して、保健室に向かう。

クレームがあったので、いわゆるお姫様抱っこにしてみた。

うっかり校内で肩に担いでいるのを見られたら問題だが、この抱きかかえ方なら要救護者を搬送中と一目でわかるだろう。

……わかるよね？

「レグナ……！」

「もう少し待て。新品の制服を汚してくれるなよ？　元魔王は生活系魔法が不得意なんだ」

「違うのです。この抱えられかたは、ちょっと恥ずかしいのです！」

ええい、注文の多い奴だ。

「保健室はすぐそこだ。少しは我慢しろ」

自己紹介は1分でした。

「蒼真（そうま）。お前がそんな奴だったとは思わなかったぜ」

「耀司（ようじ）、俺を置いて逃走したことを許したわけじゃないからな」

　翌日。

　悪友とそんな小さな言い争いを教室でしつつ、何事もなく今日を迎えられたことを神に感謝した。

　感謝してやるから、これ以上俺に試練を与えるのはよしてもらいたい。

　昨日の出来事のせいで、俺には入学二日目にしてちょっとした噂が立ってしまっていた。

　初日から隣のクラスの美少女をナンパしてオリエンテーションをフケた、とかいう不名誉な噂である。

　耀司ならともかく、何故俺がこんな目に遭（あ）わねばならないのか。

「それで？　日月（たちもり）さんとどこ行ってたんだよ？」

「実はちょっとした知り合いでな。気分が悪くなったというので保健室に連れていった」

「お前の顔見ただけで気分悪くなるとか、相当だよな」

よし、耀司……表に出るがいい。

いまこそ魔王の真の力をお前に見せてやる。

「みんな、おはよう」

担任教師の丸岡先生が、挨拶をしながら教室に入ってくる。

すると、一斉にみんなが席に着いた。

……昨日何かあったのだろうか？　行儀が良すぎる。

「青天目君、起立」

いきなり俺を指名して立たせる丸岡先生。

「自己紹介がまだだね？」

「あ、はい」

「では、ホームルームの時間を一分間だけ君に割く。今から始めたまえ」

そんな急にふられても心の準備が……！

「な、青天目蒼真です。会社員の父親と、専業主婦の母親、それに中一の妹がいます。趣味はゲームとカラオケ。好きな歌手は『柑橘星』です」

咄嗟のことで、練りに練った自己紹介の内容がすっかり頭から吹っ飛んだ俺は、昨日、日月にした自己紹介をそのままする羽目になった。

「簡潔でわかりやすい自己紹介をありがとう。オレは担任の丸岡だ。担当科目は古文。生活指導もやっているので、困ったことがあれば相談するように」

そのガタイで古文……。

体育教師じゃなかったのか。

「他にみんなに伝えることがないなら、着席してよし。では、出席を取る」

答える間を与えずに出席を取り始めたので、席に座る。

普段はおちゃらけた耀司までもが真面目に座っているところを見ると、やはり昨日に何かしらあったのだろう。

オリエンテーションに出られなかったことで、俺だけが知らない何かを共有できていないのは、ちょっと寂しい。

「今日は二日目のオリエンテーションがある。当校ではA組B組、C組D組、E組F組の二クラスが合同になって取り組む行事も多い。昨日はクラス内で親交を深めてもらったが、今日は隣のクラスと合同でレクリエーション活動を行う。では、第一体育館に移動」

端的で、事務的。

立ち振る舞いや足運びを見ても、この丸岡という教師……まるで軍人みたいだ。

「……蒼真。丸岡には逆らうなよ？」

教室を出る直前、こそりと耀司が俺に耳打ちする。

「おいおい、まさか元軍人か何かか？　あの先生。汚いお口を開く前と後に『サー』をつけろとかいう感じか？」

「そのまさかだよ。担任がアレなんて最悪だぜ」

マジだったのか。

「灰森。私語は終わったか？」

当の丸岡先生が、いつのまにかそばに来て眉根を寄せている。

「せ、先生」

「はしゃいでもいいが羽目を外すなよ。移動中は静かにな、他のクラスの邪魔になる」

「は、はい……さーせん」

あのヤンチャな耀司がまるでレンタルされた猫のようだ。

「青天目、お前も自由行動はほどほどにな。クラスというのはチームワークだぞ」

それだけ言うと、透明化する凶暴なハンター系異星人とも渡り合えそうな丸岡先生は、そばを離れていった。

どうやら、昨日のこともあって俺はマークされているらしい。

廊下に出ると、A組も同じく移動のために出てきていた。

その中には、ぽつんと身の置き所がなさそうな元女勇者。

おいおい、前世で仲間と別れた直後みたいな悲愴なオーラが出ているぞ……。

「日月さん」

見かねて声をかける。

一応、俺と日月は幼馴染みということになっているのだ。

元勇者と元魔王が口裏を合わせるなんて、深い闇を感じないでもないが、馴染みと言えば馴染みだろう。

……命のやり取りをする程度には。

「レ――ではなく、青天目くん……おはようなのです」

「おはようさん。……大丈夫か？」

小さく頷(うなず)く日月。

体調の不良などではなさそうだが、何とも元気がない。

見た感じ、俺以上にクラスに馴染めてなさそうなのも少し気がかりだ。

「蒼真、蒼真ってばよ」

「うるさいぞ、耀司。なんだ？」

「紹介してくれよ。このオレをさ」

純真そうに瞳を輝かせるんじゃない。

その奥にひどく濁った欲望が渦巻いてるのなんてわかってるんだぞ。

「日月さんだ。俺の幼馴染み。日月さん、こいつは灰森。女好きのクズだから近寄らないようにな」

「日月昴(すばる)なのです。よろしくなのです」

「灰森耀司ッス。てか蒼真、その紹介なくね……？」

耀司は自他ともに認める無類の女好きである。

そして、性質(たち)の悪いことに高身長な上に、大変品質の良い頭部を備えている。

早い話が、見た目でモテる。

頭は悪く、性格にも些か難があるのであまり長続きはしないようだが。

「……昨日、レグナと一緒にいた人なのです？」

「おっと、日月さん。その中二ネームは高校生活では出さないでもらえるかな」

「レ・グ・ナ！　おま、日月さんにもそう……ぐぅッ!?」

足を踏んで黙らせる。

見ろ、丸岡先生がこっちを睨んでるぞ。

体育館までの道のりを、話しながら歩く。

丸岡先生をはじめとする教師陣は、私語厳禁とは言いながらも、他クラスの人間と交流する俺たちを咎めるつもりはないらしく、会話は到着するまで続いた。

「じゃ、またな」

自然と出た台詞に、日月が振り向いて小さく笑って応える。

「うん。またなのです」

A組の集合場所に向かう日月の背中を見て、俺は不思議に思う。

自分自身を、だ。

別れ際に友人に贈る言葉としては、適切であったはずだが……妙にむず痒い気持ちになってしまうのはどうしてなのだろうか？

＊＊＊

「皆さん、こんにちは。生徒会長の鎌田（かまた）です」

壇上に姿勢よく立った細身の男が、マイクを握っている。

「これから皆さんには、西門（さいもん）学園探検ラリーをしていただきます」

高校生にもなってこれで盛り上がれというのは、なかなか難しい。

隣の悪友は思いの外（ほか）、はしゃいでいるが。

「もう先生方から説明されておられるかもしれませんが、当校では二つのクラスが合同で行事にあたることが結構あります。例えば、課外活動や修学旅行、他にも文化祭などですね。その最初のイベントが、この二クラス合同オリエンテーションです」

話す生徒会長の背後では、何か小道具の準備が着々と進められている。

「いま、この第一体育館に集まっていただいているのはAクラスとBクラスの皆さんですが、それぞれのクラスからランダムで二人一組を作っていただきます。こちら……」

生徒会長が示す先、そこには手を差し入れるらしき穴の開いた段ボール箱。

「……から、一つクジを引いていただき、クジに書いてある番号でペアを作っていただきます」

ペアで何かをさせるつもりなのだろうか。

もう少し人数の多い班でもいいと思うんだが……どうも恒例行事っぽいので気にしないでお

こう。

「では、各自クジを引いてください。引いた番号と同じ数字の旗の下に集合してくださいね」

後ろでもごそごそしてると思ったが、いつの間にか1から30までの数字が書かれた旗が立てられている。

「行こうぜ、蒼真」

「ああ。今日は別行動になりそうだな」

別に一緒にいたいというわけじゃないが、知り合いらしい知り合いが耀司しかいないので、些か周囲とのコミュニケーションに不安を感じているだけだ。

そういう甘ったれた感覚を取り払って別のクラスに仲間を作るのが今回の趣旨なのだろうが、とっかかりとなるべき同じクラスの人間も、俺にとっては「はじめまして」と挨拶する相手ばかりなので、文字通りぼっちスタートだ。

「さぁ、どうぞ」

生徒会役員らしき先輩女子が箱を差し出してくれたので、そこに手を突っ込む。

摑み上げたクジは『3』の数字。

「オレ、5だったわ」

隣でクジを引いた耀司が、俺と同じく、数字が書かれた札をひらひらさせている。

「俺は3だ」

「んじゃ、行こうぜ」

耀司と共に旗が立てられている場所へと向かう。

しばしして現れたのは、見知った顔だった。

「レグナなのです」

「公共の場所でその名を呼ばないでくれないか、プレセア・アドミニール」

なんという中二病なやり取り。

周囲に鼻で笑われやしないかと心配になる。

「公共でなければいいのです？」

「他の誰の耳にも入らないならな。それで、日月が俺の相棒ってわけか？」

「そのようなのです」

『3』と書かれた札を俺に見せる日月。

周囲を見渡すと、それぞれのペアが微妙に緊張した様子で自己紹介などしている。

人見知りな俺としては、日月とペアで良かったと考えるべきか？

自分を殺した相手を見て、ほっとするというのも変な話だが。

「必ずしも男女でペアになるわけではないのですね？」

「そうみたいだな」

二つ隣の旗にいる耀司は、筋骨隆々の坊主男子とペアらしい。

恨みがましい視線を感じるが、知ったことか。

その陽キャ系の魅力を、今日はその男子相手に発揮するといい。

「ペアはできましたか？」

生徒会長が壇上から見渡しつつ、うんうんと頷く。

「では、自己紹介して握手を！　もしかしたらすでに見知っている相手かもしれませんが、その場合もお願いします」

それは昨日済ませた、と言ったら免除してくれないだろうか。

ダメだな。

教師も生徒会も見張ってやがる。

「青天目蒼真。以下略」

「日月昴なのです。同じく以下略なのです」

小さく笑い合いつつ、少し緊張して握手する。

お互いに前世では殺し合った仲だ。

昨日、紆余曲折（うよきょくせつ）の末に理解と和解に至ったとはいえ、まだ完全にお互いを信用しきれてはいない。

「自己紹介が終わったら、旗に添えてあるプリントを確認してください」

生徒会長のアナウンスに従って、旗を調べると丸められた用紙が見つかった。

「五つのチェックポイントが記されているはずです。それを順番通りに回って課題をこなし、ここに戻ってくるのが本日のオリエンテーションとなっています！」

二人してメモを覗き込む。

「えーと……なになに」


一カ所目は音楽室。

二カ所目は保健室。

三カ所目は屋上プール。

四カ所目はⅢ－Ｂ教室。

五カ所目は西門学園記念館。


保健室は昨日行ったのでわかるが……他は初見だな。

「学内の見取り図を見るもよし、教師や先輩、同輩に尋ねるもよし、闇雲に探し回るもよし！　向かうための手段は問いません！　本日中に課題をこなしてここに戻ってくるのが目標です。このオリエンテーションにはいくつかの評価ポイントがあり、最優秀賞を獲得したペアには……ステキなプレゼントもありますよ！」

妙にテンション高めだな、あの生徒会長。

「知ってる場所、あるか？」

「保健室はわかるのです」

「そりゃわかってる。他の場所だよ」

この元勇者はボケ担当か何かだろうか。

ペアになったからとてお笑いコンビになったわけではないので、ツッコミ役を丸投げしないでほしい。

「あ、屋上プールは中央棟の屋上にあるはずなのです」

「音楽室は、おそらく実技研修棟の方だな。保健室からはそう遠くないはずだ」

残るはⅢ－B教室と、西門学園記念館。

この二つはなかなか手強（てごわ）そうだ。

「がんばるのです。素敵なプレゼントを手に入れるのです！」

「え、ガチでやるのか？　クリア目的でだらだらではなく？」

「やるからには最優秀賞を目指すのです！　光と闇のツートップなのです、成せば成るのです！」

「闇しか見えない……」

やる気を燃やす元勇者に俺は少しばかりげんなりする。

こういうのは、どうにも不得意なんだ。

協力プレイとか、競争とか……一人でじっくり派なんだよ、俺はさ。

「では、スタート！　新入生諸君の健闘を期待します！」

「さぁ、レグナ！　行くのです！」

「ええい、その名で呼ぶな！」

ちくしょう……この元勇者は記憶力も悪いらしい。

「ダッシュなのです！」

「待て」

「待っていては勝利できないのです。先手必勝、迅速果敢なのです！」

そういうとこだぞ、元勇者。

「廊下は走らない、だろ」

これが学校行事である以上、校内の注意事項はすべて当てはまるはずだ。

いくつかの評価ポイント、とあの生徒会長は言った。

加点式か減点式かは不明だが、おそらくそういうところもチェックされる。

「でも、遅れてしまうのです」

「スピード勝負とは一言も言ってなかっただろ。時間内に高評価を出せばいい」

「なんだかんだと言いつつ、レグナはやる気なのです」

妙に嬉しそうに隣を歩く日月を見て、修正する気も失せた。

本当の意味で俺を『レグナ』と呼ぶものは、この世界で日月ただ一人なのだと思うと、それはそれでいいかもしれないという気にすらなってくる。

「〈目標探査〉――ピアノ」

指を軽く振って、魔法を発動する。

意識に、ピアノのある方向が流れ込んできた。

「そう遠くないな。多分あそこだろ」

体育館を出て左手に見える実技研修棟に足を向ける。

その二階部分にピアノの反応があった。

「どうしてわかるのです？」

「魔法を使ったが？」

「……ズルなのです！　さすが魔王は性根がひん曲がっているのです！」

「誰がズルか！」

小さな言い合いをしつつ、走らない程度の急ぎ足で目標地点に向かう。

「昨日の影響は？」

「大丈夫なのです」

日月が有する勇者の力というのは、こちらの世界ではなんとも不便なものになっているようで、時限性で消耗も激しい。

昨日それでぶっ倒れたのだから、少しばかり心配にもなるというものだ。

……まぁ、元魔王の俺が心配することではないんだろうけど。

「音楽室だ」

「見つけたのです」

中に入ると、数人の先輩方が俺たちを待ち構えていた。

「お、君たちが一番乗りだぞ。ようこそ！　ここでの課題は……『一曲歌う』ことだ！」

先輩、いい笑顔で陰キャに無茶を言ってはいけない！

「頼むぞ、日月」

「遠慮するのです」

俺と同じ顔をしているところを見ると、やはりお前も俺と同じ属性か。

まぁ、陽キャではないのはわかっていた。

「一つ目の課題からこれとは……生徒会長は魔王よりも卑劣なのです！」

「魔王の立場とかも考えて発言してね。仕方ない……俺が歌おう」

ここでまごついていては、高評価などとても狙えまい。

「どんな曲を歌うのかな？　良かったら伴奏するよ？」

「何でもいいんですか？」

「僕らが知ってるものならね」

「では、『柑橘星（かんきつぼし）』の〝二千年先のヨゾラ〟を」

俺の選曲に、数人の先輩がピクリと反応した。

にこやかな顔が、妙にキリリとしている。

「キミ、良いね。その選曲はシブい……シブいねぇ……！」

ドラムとベースがリズムを刻み始め、ギター、それにピアノがイントロを奏（かな）で始める。

まさか全員が知っているとは予想外だった。

「――～♪　――♪～～♪」

音楽室はどうせ防音だ。

俺の拙い歌声が外に漏れることもあるまい。

生演奏の一人カラオケだと思えば……いや、とても思えないが、課題であれば仕方ないと割り切ろう。

「～～――♪……♪！」

「～～――♪……♪！」

サビに入る直前、声が重なった。

ちらりと見ると、日月が顔を真っ赤にしながらも、俺に合わせている。

「～～～～～～～♪――♪」

締めまで歌って、俺はようやく一息つく。

隣にはやり切った顔の日月。

いい歌声じゃないか。俺よりもずっといい声だ。

しんとなった音楽室に先輩たちの拍手が鳴り響く。

「最高だよ！　今年の後輩は実にいいね！　選曲も思い切りも大合格だ！」

「興味があれば軽音楽部に来てくれよ」

「おい、クラブ勧誘は週明けからだぞ。だが、グッジョブだったぜ、後輩君！」

先輩方は各々俺たちの肩を叩いて、一枚のカラフルな紙を渡してくれる。

「んじゃ、課題達成おめでとさん。その札、あとで使うからなくさないようにね」

「はい。ありがとうございます」

　受け取った札をポケットに仕舞い込んで、音楽室を後にする。

「一発目からいきなりハードだったな」

「でも、クリアできたのです。魔王レグナは歌も上手なのですね？」

「青天目だって言ってんだろ」

　照れ隠しのように、話題を切り上げて保健室に向かう。

　保健室はこの実技研修棟を抜けて少し歩いた先、職員室のある中央棟にある。

　そう遠くない場所だ。

「保健室でも何かやらされるのです？」

「課題はあるんだろうが、次はもう少しまともだといいな」

　そう期待したのが、フラグだったのかもしれない。

　到着した保健室には、昨日会った女性養護教諭がそれはそれは、良い笑顔で待ち構えていた。

「あらん？　昨日も見た顔ねぇ」

　艶やかに笑う養護教諭は、保健室の先生というよりも保健室プレイをするプロの何某のような色気を放っている。

　一般高校生男子としては、ここは喜ぶべきところか？

「ここでの課題は保健の予習よ」

「保健の」

「ええ、保健の。だって……高校生って人生で一番ただれる時期ですものォ！」

全国の高校生と俺たちに謝ってくれないだろうか。

それはともかくとして、言い渡された課題はひどく実践的だった。

……ここでは割愛させていただくことにしよう。

泳ぐだなんてとんでもない。水は上を歩くものだろ。


「ひどい目に遭った……」

「邪悪なのです。不潔なのです。もう少しで保健室を聖滅するところだったのです」

あの保健室は一度、勇者の聖なる光でもって滅菌してもいいんじゃないかな……うん。

「気を取り直していこう。どうにもこのレクリエーションは油断ならなくなってきたぞ」

「なのです。協力して乗り越えるしかないのです……！」

ここに来て、日月との奇妙な連帯感を覚えている自分を少しばかり自嘲する。

まともに言葉を交わすことすらかなわず、ただただ命のやり取りをした魔王と勇者が、こうしてくだらない課題に取り組む世界があったなんてな。

……なるほど、クラスの垣根を越えて親睦を深める効果は充分にありそうだ。

「次は屋上プールか」

道中の見取り図で、屋上プールの場所は判明している。

保健室がある中央棟……つまりこの校舎の屋上にあるのだ。

「西門高校の屋上プールは、冬も使える温水プールなのです」

「そうなのか」

「水泳の授業は選択式で年間を通して行われるそうなのです」

「なるほどな」

「どうしたのです？　魔王のくせにお腹（なか）が痛いのです？」

今生（こんじょう）の俺はれっきとした人間だ！

腹痛くらいある！

……ではなく。

嫌な予感しかしないのが、俺の胃を締め付けてるだけだ。

さすがに冬は水など張っていないだろうと高をくくっていたのに、温水だと？

人間どもめ……度（ど）し難（がた）い愚行だな！

「あの扉なのです」

階段を上り終えた先、両開きの扉の上には、確かに『プール』と書かれた札がかかっている。

左右の扉はそれぞれ男女の更衣室であるらしい。

「では、さくっと行くのです！」

日月が扉を開けると、そこに仁王立ちしていたのは胸毛とすね毛と腕毛のやたらと濃いおっさんだった。

人類よりもゴリラに近いんじゃないだろうか。遺伝子的に。

「よく来た。なかなかのペースで課題をこなしているようじゃないか！　俺は体育教師の熊田（くまだ）

だ！　親しみを込めて『クマちゃん』と呼んでくれ！」

　いかつい体つきと目つき。

　毛深い体。

　ブーメランパンツ。

『ちゃん』付けで呼ぶにはいささか難易度の高いキャラクターだ。

「クマ……先生。課題は――」

「ちゃんをつけろよ！　このデコスケ野郎！」

　俺は今、なぜ怒られたんだろう。

「ここの課題は簡単だ。このプールに百枚のコインを沈めてある。それぞれ点数が違うコインだ。五分間で集められるだけ集めろ！　それがこの課題でのポイントになる！」

　なるほど、確かにわかりやすい。

　しかし問題点がいくつか。

「水着がないのです！」

「それも含めての課題だ。水着を借りる、購買で買う、下着姿でやる、まっぱになる、道具を使う……手段は問わん。カウント開始から五分で拾い集めたコインが全てだ」

　結果至上主義。

　体育教師らしいといえば、そうかもしれないが些か無茶が過ぎやしないだろうか。

「さあレグナ、行くのです」

「……」

「男子ならパンツ一丁でも問題ないのです。大丈夫、目を閉じるくらいの気は遣うのです」

「それはなかなか繊細でジェンダーな問題だな？　俺が目をつぶっていればいいんじゃ？」

「信用できないのです」

さらりと信頼関係をぶち壊しに来た。

「まさか泳げないのです？」

「人間は泳ぐなんて無駄はやめて、水の上を歩く手段を模索した方が現実的じゃないかと思うんだ」

「人間としての領分を超えた発言なのです」

いいんだよ、元魔王なんだから。

何のために魔王城をやたらと高くしたと思ってるんだ？

洪水が来たら困るからだよ。

「カウントを開始するぞ？　いいか？」

熊田がストップウォッチを片手に構える。

慈悲はないのか。

「ぐぬぬ、仕方ないのです。勝つための犠牲は致し方なし……後でクマちゃんとレグナの記憶がなくなるまで【光の波動】で脳髄をかき回すのです」

「聖なる力を怖いことに使うんじゃねぇよ！」

俺のツッコミをスルーしながら、するする制服を脱ぎ始める日月。

なりこそ小さいがスタイルはなかなかいい……そういえば、前世でも……ってそうじゃない。

「日月、わかった。俺が何とかするから。服は着てろ」

「……スタート」

無情にもカウントは開始される。

熊田め、日月の生着替えが見たいだけじゃなかろうな？

指をパチンと鳴らして、小さな衝撃波を発生させる。

目標は、向かって正面……熊田の後方に設置してある見学者用のベンチだ。

「なんだ⁉」

派手な音がして、ベンチが吹っ飛ぶ。

当然、そのようなことが背後で起これば、熊田の意識はそちらに引き付けられ、振り返る。

「――〈引き寄せ（アポート）〉」

魔法を後ろ手に発動させ、あらかじめ〈目標探査（ダウジング）〉で確認しておいた水中のコインを全て手元に引き寄せる。

水面を飛び出すコインのパチャンという音が熊田の耳に届いたとき、俺の仕事はもう終わっていた。

ややずしりとくる百枚のコインを、こちらに視線を戻した熊田に手渡す。

「はい、どうぞ」

「あン？」

状況が理解できないといった様子の熊田。

「プールのコイン。集めましたよ？」

「馬鹿言うな……って、おい……まじかよ。どうやったんだ？」

「企業秘密です。何を使ってもいいって言ったのは先生ですしね」

「む……」

プールに近寄って確認し、再び戻ってきた熊田は憮然とした顔で俺たちに課題達成の札を渡す。

「B組の青天目だったか？　今回は良しとするが、いつまでもズルが通用するとは思うなよ」

「肝に銘じておきます」

目つきを鋭くする熊田に、やや慇懃無礼な受け答えをして日月を手招きする。

もうここには用はない。水がたくさんある場所なんてまっぴらごめんだ。

「よし、次だ。次」

「なのです！」

屋上プールを後にした俺たちは、いったん一階へと戻る。

教職員が詰める職員室もあるこの中央棟の一階には、学内の見取り図があるからだ。

「三年の教室は西棟の二階か」

「レグナ、これを見るのです」

「だから青天目な」

ツッコミを入れつつ日月が指さす先を確認する。

校舎エリアから遠く遠く離れた場所に、最後の目標地点を発見する。

すなわち、西門学園記念館だ。

隣接する西門学園大学のそのさらに奥……半ば山の中にそれはあるらしい。

「これは遠いな。ちょっとしたピクニックだ」

「お弁当が必要なのです」

食いしん坊か！

と、ツッコミを入れたところで、はっとする。

このオリエンテーションは今日一日を通して行われる。

昼食をどこかのタイミングでとる必要があるのだ。

現在時刻は午前十一時。

全ての課題をこなしてから昼食をとるのでは遅すぎる。

「プレセア。三年の教室に行ったらどこかで飯にしよう。弁当は？」

「ないのです。今日あたり学食の説明があると思ったのですけど……」

かくいう俺も、弁当はない。

中学にはなかった学食という施設を使ってみたいと、母に我が儘を言ってお小遣いをせしめてきた。

「とにかく、三年生の教室に行くのです。クマちゃんの口ぶりからして、スピード的にはわたしたちが先行しているのです」

「……どうだろうな」

課題の場で鉢合わせてないだけで、もっと効率よくこなしている連中もいるかもしれない。

右往左往する同級生とすれ違ってはいるが、お互いに進捗状況を確認し合ったりはしないしな。

西棟に向かう道すがら、チラチラとした視線を向けられているのに気づく。

いや、今までもあったのだが。

最初はこちらの進み具合を気にしてのものだと思っていた。

……どうやら、それは俺の思い違いであったらしい。

「どうしたのです？」

「なんでもない。行こう」

日月を促して、少し歩調を速める。

そして、隣を歩く横顔をちらりと、覗き見る。

……目立つのだ。この日月という娘は。

そもそも、噂の美少女だと耀司が俺を誘うくらいに、目立つ。

前世がプレセアだとわかってからは、自分を討滅した相手だという認識が先行して、あまり意識しないでいたが、日月は誰から見ても可愛いと言える容姿をしている。

それが俺のような冴えない男とペアで歩いていれば、余計に目立つだろう。

騙（だま）されるな、みんな。

ガワはいいかもしれんが、中身は残念なヘッポコ勇者だ。

「む、何か失礼な気配を感じたのです」

「気のせいだ。さて、あれはどうしたことだ……?」

三年生が待つはずの西棟。

先行しているペアがいるが……扉には鍵がかかっているようだ。

こうなると中に入るには、回り道しなければならない。

「一番近い扉に鍵をするなんて、いじわるなのです」

「これも含めて課題ってことかもな。――〈開錠（アンロック）〉」

カチャン、と音がして扉が開く。

「何をしたのです?」

「魔法で鍵を開けた。通る方法があるなら、何もわざわざ主催者側の手に乗る必要もないだろ?」

本来ならば、職員室で鍵をもらって戻ってくる……が最適解なのだろうが、この『Ⅲ－B』の後は、長距離の移動がある。

無駄な労力と時間はかけたくない。

というか、勝ちとかどうでもいいと思っていたのに、日月に乗せられてしまっているな。

「インチキなのです！」

「左様か。なら、元勇者ならどうする？」

「【聖剣】で鍵を焼き切ればいいのです」

転生して十五年もたっているというのに、そうそう本質は変わらないもんだな。

そういえば、思考回路がとにかく短絡的なのがコイツの特徴だった。

「三年生に強襲でもかける気か」

……ああ、だから俺は襲われたのか。

コイツが勇者であることを捨てられなかったから。

俺も魔王のままであると、断じたのだろう。

残念。元魔王様はゲームとラノベが大好きなヲタクにジョブチェンジだ。

次に魔王城を建設するときは高速回線を引いてスマートハウスにしよう。

まぁ、日本は地価が高すぎて城なんて建てられやしないんだがな。

「階段の前に誰かいるのです」

「ああ、あれは何というか……すごく、怖そうな人たちだな」

着崩した制服。染めた髪。ガムを咀嚼する口元。

一日で『悪い先輩』とわかるビジュアルだな！

「どう考える？」

「通ってはいけないのです?」

「いけないのです」

こいつに聞いた俺がバカだった。

きっとこれは「危険を回避しましょう」「怖い人たちには近寄らないようにしましょう」という学校サイドからの教示例なのだろう。

「反対側の階段に行こう」

「せっかく近い扉から入ってきたのに無駄足になってしまうのです」

急がば回れ……それを教えるための課題でもあると思うんだが。

さすが、魔王城の壁を聖剣で破壊しながら直進してきただけのことはあるな。

「通してもらうのです」

俺が止める間もなく、すらすたと日月は歩いていってしまう。

「オイオイ、マブイチャンネージャネーカヨー」

溢(あふ)れる昭和テイスト。

君たちに演技指導したのは一体誰だ。

「オレラとチョットオチャシバイテカナーイ?」

「シバ……何なのです?」

「シバく、とは関西方言で『暴力を用いて屈服させる』という意味だ。ただし、この場合……」

「では、正当防衛なのです」

俺の解説より先に、日月の爪先が座り込んだ先輩らしき男子生徒の顎を蹴り上げた。

はためいたスカートの奥にちらりと白いものを捉える。

さすが勇者。シンプルイズベストをわきまえているな。

だが、日月。恥じらいは必要だぞ！

「……」

白目をむいて倒れる男子生徒に、周囲が騒然となる。

「なっ！　なにをするだーッ」

「すまない。彼女、ちょっと頭が悪いんだ」

そう謝罪して、のびている先輩にそっと回復魔法を飛ばす。

魔王たるもの、完全回復魔法くらい習得していてしかるべきだからな。

「すみません。ほら、日月も」

「ごめんなさいなのです」

渋々といった様子で頭を下げる日月に、演劇部の先輩方が震えて後退る。

声をかけただけで、いきなり攻撃に転じられるとは予想外だったのだろう。

俺だって「よくぞ来た、勇者プr……」まで言った瞬間、最大火力をぶっぱなされた口だ。

気持ちはよくわかる。

「大丈夫だけど……暴力はよくないよ」

先ほど顎の骨を破壊された先輩が、怯えながらも忠告してくれる。

「紛らわしいのがいけないのです」

「そういう、課題なんだよ！」

思わずツッコミを入れてしまった。

「と、とにかく……通りますね。お疲れ様です」

頭を下げて、階段を上る。

日月の機嫌はまだ悪いようだ。

「善良であるなら、善良そうにしていればいいのです」

「今回のあれは演技だろ？　こっちも怯える演技で切り抜ければよかったんだ。お前がやったのは、舞台の上に乗り込んで劇を台無しにするようなもんだ」

「むう」

納得いかないのか、日月が膨れた様子でうつむく。

勇者であった前世も、何かあるたびにこんな顔をしていたのだろうか？

殺意と使命感に満ちた目しか向けられてこなかった俺は、このくるくると変わる表情がなんだか新鮮で面白い。

「レグナは」

「青天目な」

「青天目は――」

「呼び捨てか！」

階段をただ上りきるまでに、ツッコミを何度入れさせる気だ。

「じゃあ、なんて呼べばいいのです⁉」

「ついに逆切れか⁉　青天目くんでも青天目様でも青天目閣下でも好きに呼べよ」

「青天目閣下は……」

「よりによって、なぜそれを選択するッ⁉　お前も蠟人形にしてやろうか⁉」

クスクスと、日月が笑う。

「知らなかったのです。魔王レグナがこんなにも……こんなにも、人らしいなんて」

「『青天目蒼真、十五歳』は現実に生きるちょっと中二病な普通の少年だ。『魔王レグナ』なんてのは終わった前世の名前だよ」

「……わたしも、それでいいのです？」

不意に放たれたその問いかけに、俺は答えを詰まらせる。

その答えは、自分自身で得て、自分自身で納得するものだ。

しかし……あえて俺は、口を開く。

「それでいいんだよ」

「じゃあ、わたしたちの記憶と力はなんなのです？」

「勇者プレセアと魔王レグナは相討って死んだ。もうどこにもいない。ここはレムシータじゃないし、俺たちが戦う必要も理由もない。ただ……──」

俺の言葉を待つ日月の顔を見て、小さく笑ってやる。

「──俺たちはやり直す機会を与えられた」

あの、決戦の日。

俺はプレセアを止めたかったのだ。

理解し合えないとどこか諦めつつも、ただ一人で魔王の前に立って命を燃やし尽くそうとする、美しい少女に死んでほしくないと思った。

どこか自分に似る彼女を、相容れない敵同士でありながら、わかり合いたいと願ってしまった。

今生でも、不幸な遭遇戦が起こってしまったが、こうやって話すことができていることに、俺は喜びを感じている。

「おっと、着いたな」

話している間に、目的地である『Ⅲ－B』の教室に到着した。

扉を開けると、そこには先輩らしき女子生徒が一人だけ。

「課題ね。はいはい……えーっと、はいこれ」

やる気なさげに、課題達成の札を俺たちに手渡す。

「ここは課題とかないのです？」

「ここに到着するのが課題だよ。いろいろお邪魔があって大変だったでしょ？」

魔法と暴力で押し入ったとは、とても言えない。

「あんたたち、ラストはどこ？　暇だし、聞きたいことあったら教えたげるよ？」

「西門学園記念館なのです」

「げっ……あそこ超遠いよ。外出てタクシー捕まえたほうがいいかも」

そんなレベルで遠いのか。

「場所わかる？」

「大学の先にあることしか知らないのです」

「どっか高いとこから場所確認するといいよ。歩いてると道わかんなくなるし。大学まで行って、学内展望台登ったら？」

そんなものまであるのか。

「ありがとう、先輩」

「いいのよ、暇だしね。あ、昼まだだったら、展望台に『AquaLion』って学食あるからそこで食べなよ。超気分いいよ」

「俺たちも使っていいんですか？」

「後輩、もらった手帳は目を通しとけよぉ～？　西門学園の学生は大学施設も利用可能なんだよ？」

「ありがとうなのです！　行ってみるのです」

「いってらー。暗くなる前に戻ってくるんだよ？　記念館辺りはすぐに暗くなるからさ」

手をひらひら振る先輩に軽く会釈して、『Ⅲ－B』の教室を後にする。

「午前中のうちに四つか。ペースいいんじゃないか？」

「なのです。このままトップでゴールするのです」

「……勇者はもういいんじゃなかったのか？」

俺の言葉に、日月が小首をかしげてから答える。

「そういうのではないのです。せっかく、二人で頑張ってきたので、このまま最優秀賞を狙いたいのです！」

ああ、もう。

そんなふうに素直に笑うなよ……自分の可愛さに無頓着か。

「よし、わかった。とりあえず飯を食いに行こう。大学の学食か……どんなだろうな」

「高校の学食も行ったことがないので、想像もつかないのです。大人の世界なのです」

「それは何か違う気がする」

ぼやきながらも、大学へと続く学内道路を連れ立って歩く。

いろいろなわだかまりが解けたのか、日月から緊張が消えた気もする。

「食べまくるのです」

「食いしん坊か」

「食べないのです？」

「いや、食うけど……。ほどほどにしとけよ」

俺の言葉はちゃんと伝わっているのだろうか。

「たくさん歩くので問題ないはずなのです」

あんまり伝わってないことがすぐに判明した。

まぁ、着いてから説明すればいいか。

＊＊＊

「おお〜これは絶景なのです」

西門学園のほぼ中央に位置するこの中央学舎の高さは約百メートル。

この一帯では最も高い建物だ。

その最上階に、学内展望台と学内食堂『ＡｑｕａＬｉｏｎ』は存在する。

地上を見下ろした日月が小さく見える人の姿を指さしてはしゃぐ。

「見るのです！　人がゴミのようなのです！」

「どこの天空人のマネかは知らんが、目つぶしされんうちにさっさと飯を食おう」

運がいいのか、何なのか。

俺たちは窓際（まどぎわ）の大変景色のいい席を確保することができた。

周囲には大学生の先輩方。

チラチラと好奇心を込めた視線を感じるのは、俺たちが付属高校の制服姿のせいもあるだろうが、日月の容姿が整いすぎて目立つからだろう。

「お、君たちが噂のペアだな？　えーっと、青天目君と、日月さん」

見知らぬ男性が、俺たちの席に近づいて……そのまま自然に椅子に腰を下ろした。

この屈託のなさ。陽キャのにおいがする！

「何者なのです？」

殺気を放ちながら警戒する日月に少し驚いたようだが、男性はそのままメニューを広げる。

「びっくりさせてごめんね。さっき妹から連絡があってさ。陰気系男子と天使系女子の面白ペアがそっち行くから飯でも奢(おご)ってやれってね」

「妹？」

「『Ⅲ－Ｂ』で会っただろう？　牧野幸(まきのみゆき)は僕の妹だよ。僕は牧野福丸(ふくまる)。大学二年で、君らの先輩にあたる。ようこそ、西門学園へ」

にこやかに話すこの男性は、さっき会った先輩の兄であるらしい。

「さぁ、どれにする？　オススメはハッシュドビーフか塩ラーメンだ」

「オススメの振り幅がデカい……！」

「学食なんてそんなもんさ。ま、味の保証はするよ」

メニューはとても豊富だが、ここは先人のお薦めに素直に従うとしよう。

「じゃあ、俺はハッシュドビーフで」

「わたしは両方なのです！」

「お、おい……少しは遠慮ってもんを」

「いいよいいよ。食いしん坊ＪＫの食レポに期待させてもらおう」

牧野先輩は笑って立ち上がると、カウンターに注文に行った。

お金を払ってるのが見える。本当に奢ってくれるつもりらしい。

イケメンすぎてぐうの音も出ない。

「はい、お待たせ」

しばしして、牧野先輩は料理がのったトレーをテーブルまで持ってきてくれた。

いい匂いだ。

「冷めないうちにどうぞ」

そう促されて、俺たちは「いただきます」と手を合わせる。

スプーンで一掬いして、ハッシュドビーフを口に運ぶ。

「……うまい」

自然と声が漏れた。これが大学の学食というものか……！

「だろ？　ここのハッシュドビーフは卒業生だって通う味なんだぜ」

「わかります。これは、驚いた」

「なのです」

ちらりと横を見ると……俺の隣では、日月がハッシュドビーフと塩ラーメンを同時にがっつくという、美少女にあるまじき行動をしていた。

美少女に抱く、こちらの勝手な幻想とわかっていても、もう少し何とかならないのか？

まずはその幻想をぶち壊したいのか？　もう少し、自分のイメージというものを大切にしてほしい。

そういうとこだぞ、元勇者。

「おいしいのです。とても、おいしいのです」

期待された食レポもこの通り、実におざなりだ。

「さて、君たちの目指す『西門学園記念館』だけどね、アレだ」

牧野先輩の指さす先。

少し山に入った木の生い茂る森の中にそれはポツンとあった。

「ここから徒歩だと一時間くらいかかるね。ま、その分の達成ポイントは高いんだけど」

「達成ポイント？」

何やら聞き覚えのない言葉が出てきた。

「あ、これ言っちゃダメなやつだっけ？　まぁいいか。入学時のクラス合同オリエンテーションでやる、このペア・レクリエーションにはそれぞれの課題に対して達成ポイントがあるんだ。各監督者がそれを採点するんだけどね、困難さが増せば増すほどポイントは高いのさ」

どうやって最優秀賞を決めるのかと思っていたが、なるほど……実は採点項目があるってわけか。

「往復二時間の道のりは、なかなかのものですね？」

「最後の課題は誰もが難しいものを設定されるようになってるのさ」

「なるほどなのです！」

もう食い終わったのか？

口の端に食べこぼしがついてるぞ、元勇者。

「お腹もいっぱいなので、これで元気百倍なのです。一時間の道のりなんて余裕なのです」

「元気で結構。あ、これ、僕のＬＩＮＩＡコード。何か困ったら連絡くれたらいいからね」

そう言って名刺のようなものを俺に手渡して、牧野先輩は立ち上がる。

俺も立ち上がって、お礼をする。

「ごちそうさまです」

「気にしないで。妹からの頼みなんて久々だったしね。じゃ、頑張って！」

ひらひらと手を振って、牧野先輩は去っていった。

その仕草が、『Ⅲ－Ｂ』のあの先輩にとてもよく似ていて、兄妹だと感じさせた。

牧野先輩が去った後、トレーを所定の位置に返してから俺たちは再度テーブルに戻る。

見つめる先は、『西門学園記念館』だ。

その道筋と周辺をしっかりと目に焼き付けて把握する。

「では、頑張るのです。何なら【身体強化】で走り抜いてもいいのです」

「日月……本当にお前って奴は」

「なんなのです？　この期に及んでスキルの使用は禁止とか言うのです？」

「バカだな、言うわけないだろ？」

そう言って俺は、日月の手をそっと握る。

「ななな……なんなのです？」

「何って……」

残るもう片方の手で指を鳴らして、ごく小さな衝撃波を放ち……入り口付近のトレーの山を派手に倒壊させる。

学食の人には申し訳ないけど、周囲の注意を逸らすなら、やはりこういうハプニングが有効だ。

謎の倒壊に注目が集まっているその瞬間を狙って、俺は魔法を発動させる。

「――〈転移〉」

ラッキースケベは死の香り。

「レグナは魔王なのです！　まさに人でなしなのです！」

「ごめんって」

　さりとて、食べすぎたのはお前の責任だろう。

　それに、もしかして本当に場所確認だけのために展望台に上ったと思っているのか？

「昨日に言ったじゃないか。見えてる範囲なら跳べるって」

「言ってないのです。馴染みの場所でないと跳べないとは聞いたのです」

「あっ……」

　すまない。本当に済まない……。

「悪かった。聖滅は勘弁してくれ」

「そんなことしないのです。でも、次からは予告が欲しいのです。心の準備が必要なのです。しかも今日のは、転移酔いがひどいのです」

「ああ、転移に慣れてないもんな」

〈転移〉(テレポート)という魔法は空間を振り回して放り投げる魔法だ。

難しい説明は割愛するが、その振り回された空間に張り付いて移動するわけだが、一緒に移動する者がそれに慣れていないと空間ごと振り回されて転移酔いを起こすことになる。

……そう、今回のように。

「昨日に続いて、乙女にあるまじき失態を二度も見られてしまったのです……もうお嫁に行くのは諦めるしかないのです」

「まぁまぁ。前世では血とかも吐いてたじゃないか」

「それはレグナがわたしを殴りつけたからなのです……」

そうだった。

何か言うたびに墓穴を掘り進めている気がする。

「でも、ほら着いたぞ。『西門学園記念館』だ」

建物自体は古めかしい木造校舎を再利したもの。

手入れはされているらしく、保存状態はいい。

しかし、周囲も中も薄暗く、何とも不気味な雰囲気だ。

妖怪とかいそう。

「中に入るのです？」

「中に入らないと始まらないだろう」

「こういう不気味な場所は苦手なのです」

「不死者系苦手だっけ？」

「こちらに生まれてから苦手になったのです。何か出たら勇者化して聖滅するのです」

そのレベルだと、化けて出る方も命懸けだな。

あ、もう死んでるか。

「ごめんくださーい」

学校施設に入るのに、この声かけはどうかと思いつつ扉を開ける。

キィィっときしんだ音がなかなか雰囲気が出ていて良い。

魔王的にはこういう感じは嫌いじゃない。

「さて、人探しも課題のうちか？」

「わたしはここで待っているのです。さぁ、行くのです」

「わかったよ」

縮こまる元勇者を扉の前に残して、俺は一歩中に足を踏み入れる。

その瞬間、俺は後ろに引っ張られた。

「何をしているのかな？　日月さん」

「わたしをこんなところに置き去りにするつもりなのです⁉」

言ってることが支離滅裂な気がするぞ。

「よし、それなら〈転移〉で明るい場所に送ってから、俺が戻ってくればいいだろう」

「それはそれで、プライドが許さないのです！」

ええい、ややこしい奴だ。

「日月、大丈夫だ。俺は生まれてこの方、日本で不死者の類いを見たことがない」

「嘘なのです。きっと感覚が鈍ってるだけなのです」

こういう時だけ勘の鋭い奴だな。

そのとおり。実はわりとそこら中にいる。

実体化もろくにできないような者たちだが、声をかけておくと失せ物探しをしてくれたり、虫の知らせを届けてくれて便利な連中だ。

「参ったな……」

「ついていくのです。置き去りにされるのはこりごりなのです」

何だか前世のトラウマを踏んでしまったようだ。

しかたない。俺とて怖がる女の子を置き去りにするのは気が引けないでもない。

相手がヘッポコ勇者だとしても、だ。

「よし、それじゃあ」

そう言って日月の手を取る。

柔らかな感触。この世界では剣を振るう必要がなかったからなのだろう、剣ダコもない滑らかな手を握る。

「ま、また〈転移〉するのです？」

「違う。このまま中に入る。オバケが出たら俺が魔法で対処する。それでいいだろう？」

「わ、わかったのです」

「よし、行こうか」

日月の手を握ったまま、再び『西門学園記念館』の中に足を踏み入れる。

板張りの床が、一歩ごとにキィと音を立てるのがまた妙な緊張感を醸し出す。

それよりも、俺はもっと重大なことに気がついてしまった。

なんか……キザなことしてない？　俺……！

逆に俺が緊張するわ。

女子と手握って歩くなんて生まれてこの方……いや、魔王時代だってなかったぞ。

落ち着け……相手はあの残念勇者プレセアだ。

そう、転移酔いで道端に虹色のエフェクトがかかる『あれ』を吐き散らすような元勇者だ。

「大丈夫なのです？」

「……何がだ？」

「緊張してるように見えるのです」

「大丈夫だ、問題ない」

くそ、問題ありありだ。

「あ、あれ……！　見つけたのです」

床の木目を数えて心を落ち着けていると、日月が急に声を出して走り出した。

手を放されたことに少しショックを受けたのは秘密だ。

廊下の突き当たりには、見覚えのある課題達成の札が立てかけられている。

ここがダンジョンなら罠を設置するところだな。

「はぅ」

そして罠もないのに足をもつれさせる日月。

緊張状態で急に走り出すからそうなる。

「おっと、大丈夫か」

咄嗟に【縮地】を使って後ろから支える。

支えた。そう、他意はない。不可抗力なんだ。

たとえ、俺の手が日月のたわわな胸を鷲摑みにする格好になってしまっていても、だ。

「……」

「……」

俺が「すまん」という言葉を発するよりも早く、日月のボディブローが腹部に突き刺さった。

勇者モードかつ、【身体強化】、【聖撃】コミコミのマジなやつだ。

内臓がいくつかダメになった実感が体内でじわりと広がっていく……多分、俺じゃなかったら死んでたな。

……いや、俺だって現在進行形で死に向かってるけど。

だが、この分だと再生速度が追いつくだろう。……追いついてほしい。

頼むからもってくれよ、俺の体！

「レグナは色欲魔王なのです！」

「ふ……不可抗力だ……！　ぐふ……っ」

「はっ……」

我に返ったらしい日月が、青い顔をして俺を見た。

「あわわわ、やってしまったのです。こうなったら校庭に埋めて証拠を隠滅するしかないのです」

「止(とど)めを刺すのは、やめよう……！」

マジでやりそうな気配が漂っていたので、にじり寄る日月を手を上げて押しとどめる。

「……生きてるのです？」

「勝手に殺すな。今のは一般人にはやるなよ？　確実に事件になるぞ」

「レグナ相手なら問題にならないのです？」

「いい加減、青天目(なばため)と呼んでもらおうか。何なら『蒼真(そうま)くん♡』でも可だ」

「……意外と大丈夫そうなのです。心配して損したのです」

とことこと課題達成の札を回収しに行く日月の背を見ながら、小さくため息をつく。

不意打ちとはいえ、いいのをもらってしまった。

何とかジョークの範囲内に収まったか？

「とってきたのです」

「はいよ。やれやれ……」

立ち上がろうとして、眩暈(めまい)。

次いで、吐血。

〆は再度の転倒。

（あちゃー……まだダメか……）

これが勇者が魔王を討伐する手段として活用される理由の一つである。

勇者の発する『聖』の力は、俺をはじめとする魔族に対して極めて凶悪な毒となる。

ぶっちゃけると、あれに触れると強化魔法はガンガン解除されるし、回復魔法で傷を癒やせなくなる。

ちょっと魔法の心得がある魔族というのは、回復魔法も使えるものだ。

それは、健康長寿の秘訣的なものですらある。

ところが、この『勇者』という輩が放つ『聖なる気』によって受けたダメージというのは魔法で治癒できない。

自然治癒を待つか、特別な回復薬かでも使わなければ治せないのだ。

「ど、どうしたのです⁉」

「どっかに雑巾ないか、雑巾。木の床だから吐いた血がシミになる」

再生時間がまだ足りない。少しばかりの休息が必要だ。

「そうではないのです。やはり無事ではなかったのです？」

「フルパワーの聖撃を喰らって無事な奴がいたら、それは人間じゃない」

「レグナは魔王なのです！」

いいか、勇者プレセア。

殴り倒した一般男子高校生を指さしてキリリとするのはやめよう。

「『元』をつけろ。あと青天目だって言ってるだろ。なんだ、読み方が難しいか？　青天目だ。ほら、ルビを振ってやったぞ」

「何を言ってるのです⁉」

ちなみに日月もなかなか難しいよな。

こっちにもルビを振っておこう。

「これはちょっと回復に時間が必要だ。たぶん、一時間くらいは動けなさそうだな」

「え……この廃校舎に一時間いるのです？　無理なのです」

廃校舎じゃない、よな？　それっぽいけど。

廃校舎じゃない。

「札はそれで最後だ。歩きで悪いが、先に戻ってたらどうだ？　なんにせよ、〈転移〉はもう嫌なんだろ？」

俺としても毎度毎度虹エフェクトを撒き散らされてはかなわないしな。

「レグナはどうするのです？」

「動けるようになったら、適当に〈転移〉で戻る。はい、これ」

俺が制服のポケットに保管していた札を日月に手渡す。

全部で五枚の札。

思い返すとどの課題も大変だったが、終わってみればなかなか面白かったと言えなくもない。

この因縁ある残念勇者と、じっくり話す機会にもなったし、レクリエーションは成功と言えるんじゃないだろうか。

「じゃあ、お先にお暇するのです」

「ああ」

短く返事して手を上げる。

それに小さく手を振って返した日月が、小走りで出口に向かう。

あの最強と謳われた勇者プレセアが、オバケが怖いなどと……可愛いところもあるじゃないか。

よかったな、ちゃんと『普通の女の子』できてるぞ。

「さて……」

回復するまでやることがない俺は、スマートフォンを取り出してゲームアプリを起動する。

ぐっちゃぐっちゃになった内臓の違和感がなくなるまで、気を紛らわせるにはもってこいだろう。

画面を見ると、LINIAにメッセージが届いている。

「耀司は……順調にいってないみたいだな」

泣き言じみたメッセージが散発的に寄せられている。

ついでに女子——日月——とペアになった俺に対する恨み節も。

よし、いい気味なので既読無視だ。

アプリを起動して、画面をタッチしようとしたところでくるくると景色が回転し始める。

あ、やばい……。

＊　＊　＊

「……ん？」

目を開けると、俺を覗き込む美少女と目が合う。

よし、今回は天国行きだな。

清廉潔白につつましく生きてきた甲斐があったというものだ。

いや、待て。なんだ日月か……。

「起きたのです？」

「ああ。残念ながら聖滅ならずだよ、勇者殿」

起き上がろうとして、今までどこに頭を預けていたか気づいた。

さらにいうと、俺の腹筋はまだパワー不足で俺を起き上がらせてくれなかった。

まだ、再生の途中のようだ。

「起きたらどいてほしいのです」

「起きれるものなら起きてる」

日月の膝の上で、曖昧に笑ってみせる。

どうしてこんな事態になっているのか。

「戻ってきたのか？」

「連絡手段を決めていなかったのです」

「適当に待っていれば、気配でわかるだろ？」

前世で元とはいえ、勇者と魔王とはそういう間柄だ。

お互いに存在に気づいてしまえば、その気配を感じ取るくらいはできる。

「それは、そうなのですけど……」

もにょもにょと言い淀む日月。

まあ、俺としては大変役得なので文句などあろうはずもないが。

膝枕など前世と今生合わせても、初めての体験だ。

「それで、どのくらいたった？」

「三十分くらいなのです」

「そろそろ再生が終わってもいいころなんだが……」

いい加減この状況を脱しないと、今度は心臓に負担が増しそうだ。

相手が日月とはいえ、意識がある状態で膝枕など……俺には荷が重いシチュエーションすぎる。

「よし……戻ろう」

反省は大事だが、役得は覚えておきたい。


「大丈夫なのです？」

「まさか、ぶん殴った本人に心配されるとはな」

「う……っ」

「冗談だ。気にするな」

ほどほどにしておこう。

日月(たちもり)とは同じ転生者として、今後もいい距離感でいたい。

因縁(いんねん)の相手と和解する青春も、ありだろう。

……ありだよな？

これ、転生者同士が血で血を洗う現代バトルファンタジーじゃないよね？

「どこに向かって話しかけてるのです？」

「ここではない、どこかに……？」

「レグナの頭がおかしくなったのです。叩けば直るのです？」

昭和の家電じゃあるまいし、今度こそ死んでしまうぞ。

「冗談はさておき……戻るとしよう」

名残惜しいという本音を心の奥に押し込めつつ、膝枕から起き上がる。

膝がガクガクと笑っている。まるで生まれたての仔鹿のようだ……！

前世ではもう少し粘ったものだが、人間の体というのは脆い。

「歩くのは無理そうだが、魔法はいけそうだ」

「またアレなのです⁉」

「だから先に帰れと……。俺の回復を待って歩いてとなったら時間ギリギリになっちまうぞ」

この体調では相当に鈍歩となるだろうし、目標地点である体育館までの距離が致命的に遠すぎる。

「あああぁ、もう虹エフェクトはごめんなのです！　ヒロインとしてあるまじき醜態なのです」

誰がヒロインか。

謎の自己申告をするんじゃないよ、まったく。

「【身体強化】の上、レグナを担いで走るのです」

「お前は人さらいか何かか」

「お姫様抱っこがいいのです？　意外と乙女なのです」

さては昨日のことを根に持ってるな？

「却下だ。さぁ、〈転移〉の時間だぞ」

「却下なのです。もうアレはごめんなのです」

強情な奴だ。

〈高速飛行〉で飛んでもいいけど、誰かに見つかると面倒だしなあ……。

「俺をこんなふうにしておいてよくそんなことが言える……！」

「乙女の胸を揉んでおいて被害者ぶるのはよくないのです」

「揉んでない。そして、不可抗力だ」

「魔法があるのです。レグナならきっとなんとかできたのです」

言われてみれば、魔法でなくとも【念動力】のスキルでどうにかできたかもしれない。

転んで怪我をしても回復魔法で癒すこともできた。

そもそも、腐っても元勇者……転んだくらいで怪我もしなければ、痛みすら感じなかった可能性がある。

……あれ？

そうなると俺の行動は、まったくの無意味だったのではないだろうか？

ただ、どさくさに紛れて日月のお胸様をただ触った形になっただけか？

「どうしたのです？」

黙り込んだ俺を不審に思ったのか、日月が小首をかしげる。

いちいち可愛い動作をねじ込むな、ヒロイン気取りめ。

「ただいま反省中だ。日月の言う通り、一切触れずに助けることができたかもしれない」

「……そのことはもういいのです」

「ん？」

「さっきは言いすぎたのです」

小さく俯(うつむ)いた日月が、そう漏(も)らす。

「助けてもらったのにあんなふうに言うべきではなかったのです」

「俺も次からは気をつけるよ」

俺の言葉にすっと顔を上げた日月は、何とも不思議な顔をしていた。

何か変なことを言っただろうか？

「もうこの話はおしまいなのです。さぁ、帰るのです。担(かつ)がれるのと抱きかかえられるのと、おんぶと……どれがいいのです？」

「どれもこれも俺の尊厳を根底から破壊しかねない。それにこの状態でダッシュされたらまた血を吐くかもしれんぞ」

血を吐き散らす男子生徒を担いだ小柄な美少女。

B級映画でもなかなか見ない、サイコな絵面(えづら)になること間違いなしだ。

「それは困るのです……。わかったのです。〈転移(テレポート)〉を受け入れるのです」

「いや、当初の予定通り日月は【身体強化】をしてバレないように走って帰ればいいだろう？俺は〈転移〉で追いかければいいんだし」

再び不思議そうな顔をした日月だったが、今度は頬を小さく膨(ふく)らませる。

おっと、何か気に障ったか？

「それではわたしが残った意味がないのです。受け入れるといったら受け入れるのです。さあ、行くのです！」

「何を意固地になってるんだ？　無理するなよ」

「無理してないのです。ほら、支えてるのでさっさとするのです」

「やれやれ、わかったよ。〈転移〉……――」

急かされながら魔法を使おうとしたその瞬間、膝から力が抜けて崩れる。

それを支えようとしたのか、日月は俺に抱き着くような形となった。

「わっぷ……」

どさり、と倒れ込みはしたものの、ダメージはなしだ。

転移先は体育館倉庫の高跳び用マットの上……俺と日月は抱き合うような形で転移することとなった。

「おい、大丈夫か？」

「……」

俺の上に覆いかぶさっている日月に声をかけるが、返事がない。

吐き気をこらえているんだろうか？

今のうちに脱出したいが、今の俺に日月を押しのけるだけの体力はない。

おそらく、これは虹ブレスの直撃コースだろうと思う。

さようなら、俺の制服。

「……？　なんとも、ないのです」

「そうか？　ああ、そうか」

おそらく、計らずも日月が俺に抱き着いていたからだろう。

「なにかコツでもあるのです？」

「あー……術者と転移同伴者の接触面積が多ければ多いほど空間の揺れは少なくなるんだ。一つの塊として魔法に認識されるからな。だから今回はあまり振り回されずに済んで、転移酔いが軽くなったんだろう」

「そういうことは、先に教えておくべきなのです」

「そりゃ、すまなかったな」

日月に文句を言われてしまったが、今回はそのおかげで俺の制服は守られた。

ほっと胸をなでおろした俺は、なんとなく日月の頭をぽんとなでる。

「……！」

「……！」

そこでようやく、お互いが半ば抱き合った状態でいることに気がついた。

「す、すまん。プレセア」

思わず焦って、前世の名が出てしまった。

「すばる」

「ん？」

体だけ起こして俺に馬乗りになった日月が、顔を少し赤くして俺の鼻先に指を突きつける。

「すばる、なのです」

頭に触れた意趣返しのつもりだろうか、俺の上でなんとも得意げな顔をしてみせる日月。

「……日月さん、この体勢は些かマズいので、そろそろどいてもらえるだろうか」

「は……破廉恥なのです！」

何故俺が責められているのだろう？

「それよりも、『すばる』なのです」

「わかったよ、日月さん」

「前世の名前は気安く呼ぶくせに強情なのです」

「わかりましたよ、アドミニールさん」

「なぜ悪化するのです⁉」

アドミニールは日月の前世……勇者プレセアの家名である。

アーデント王国の勇者家系、ただ一人の継承者。

俺と相討ちになったことで、あの世界では純正勇者の直系はめでたく断絶というわけだ。

それについてはなかなか魔王らしい役割を果たせたと、誇らないでもない。

もうあの世界に、勇者なんて重責を背負って生まれる人間はいないということだからな。

次に担ぎ上げられる魔王は、しっかりと人間と相対してもらいたい。

「さすがに出会って二日で呼び捨ては無理だろ」

「なら一カ月待つのです」

「〆切の話をしてるんじゃないからね!?」

日月を上に乗せたまま、俺はため息をつく。

マイペースな日月にのせられてはいけない。

「む……。では、わたしを『すばる』と呼ぶまで『レグナ』と呼び続けるのです」

「そういう脅迫はやめよう。プレセア」

「この魔王、ヘタれてルビに逃げたのです！　信じられないのです！」

やめろ、上に乗ったまま揺さぶるんじゃない。

本当に破廉恥なことになったらどうする！

「仕方ないだろう。前世とは違うんだ、ＴＰＯというものがある」

「最後までチョコたっぷりなのです?」

ＴＰＯと美味しいお菓子を一緒くたにしてはいけない。

「なぁ、名前呼びってのは、普通親しい友人や恋人がするもんだ。出会って二日の俺たちじゃちょっとハードルが高いんじゃないか?」

「だいじょうぶなのです。以前は命の取り合いをした仲なのです」

「女の子がタマとか言わない」

美少女なのに言動が残念だというのは、俺としてはやや心休まるが。

それでも二日だ。

前世では殺されて、昨日。再会と同時に再び殺されかけて、先ほども殺されかけて……って、

あれ？　和解部分が思ったより少ないぞ？　心休まってる場合じゃないような気がする。

次はいつ俺を殺害するつもりなんだろうって、カレンダーの前で悩むレベルの頻度だ。

「どうしてわたしの名前を呼ぶのに、そんなに抵抗があるのです？」

「高校デビューに失敗した陰キャ男子にとって、女子の名前呼びはとても困難なんだよ」

「……蒼真」

日月の急な名前呼びに、こそばゆい奇妙な感覚が心臓を跳ねさせる。

レグナだと気にもならないのに、これはどうしたことだ。

「な、なんてことないのです」

少し頬を紅潮させた日月が、目を逸らしてそう呟く。

ああ、くそ、かわいいな！

相手が残念勇者じゃなきゃうっかり恋に落ちてるところだ。

「はあ……急に名前呼びになれば、周りにどんな目で見られるかわかったもんじゃないぞ」

「どんな目で見られるのです？」

「『二日目のペア・レクリエーションで大量発生する量産型カップル』だ……！」

噂はあった。

この初めてのイベントで男女ペアになったものは、彼氏彼女の関係になることが多い……な

んて、浮かれた噂だ。

正直に言うと、それに期待していなかったわけではない。

クラスでの自己紹介はこの残念勇者のせいで大失敗に終わったが、もしかすると隣のクラスの可愛い女子とお近づきに……という愚かで淡い期待は確かにあった。

「ハッ……そんな邪な目でわたしを見ていたのです？」

「そこは安心しろ。引きとしてはよかったが、お前さんはすり抜け枠だ」

「すり……抜け……なのです？」

「狙ったピックアップ対象ではなかった……！　みたいな？」

急に眉尻を下げていく日月。

おい、目からハイライトが消えてるぞ。

「まて、言葉のあやだ！　引きとしてはよかったと言ってるだろ？」

「そうなのです？」

「そうなんだ」

相手が日月とわかって、ほっとした部分も大きい。

生来俺は、陰キャの人見知りだからな。

魔王時代は、えらそうにふんぞり返っていればよかったのだが、今生はそうもいかない。

『普通のコミュニケーション』というのは存外難しいものだ。

敵対も命令もできない相手に、どう相対すればいいかさっぱりわからなかった。

それを少しでも払拭できたのは耀司のお陰だ。

友人というのは、魔王時代にはなかった関係なので新鮮でいい。

……決して耀司本人には面と向かって言えないことだが。

「元魔王に普通のコミュニケーションを期待する方が難しいと思わないか？」

「元勇者にも難しいのです」

いや、君の場合は前世から相当なもんだったと記憶してるけどな。

「蒼真、わたしの――」

そこで口をつぐみ、もじもじとする日月。

「わたしの友達になってほしいのです」

「即死級のボディブローを華麗に決めておいて、なかなか言えることじゃないな」

気恥ずかしくなって思わず茶化す。

世界の半分をやるから仲間になれ、というのは魔王の台詞のはずなんだが。

「あ、あれについては謝るのです……！　な、なんなら、もう一度胸に触れてもいいのです。今度は殴らないと誓うのです」

「な……ッ!?」

絶句すると同時に、思わず視線を日月の胸に向けてしまう。

こんな安い誘導に引っかかるなんて、と自嘲してしまうが後の祭りだ。

それに気づいた日月が顔を赤くして、目を閉じる。

「さぁ、どんとこいなのです……！」

「えぇい、残念勇者め！　なんだってそうおかしな方向に思い切りがいいんだ！　俺としては、もう友人のつもりだったんだがな。違うのか？」

「はぇ？」

このような気安さで話せる相手が、他人であるはずがない。

「あと名前呼びは、二人の時だけにしてくれ。他の奴の前でやってくれるなよ？　余計な誤解を招くのはお互い避けたいだろ？」

「友人は名前で呼ぶものではないのです？　灰森君は名前で呼んでいたのです」

「馴染みのダチで男同士だからだ。男女で名前呼びは俺にはハードルが高すぎる！」

「じゃあ、『すばる』とは呼んでくれないのです？」

そう、期待した目で俺を見るなよ……。

かわいいかよ。

「わかった。よし、こうしよう。……二人だけの時はオーケーとしようじゃないか、すばる。それでいいか？」

「わかったのです、蒼真」

ご機嫌な笑顔をふりまくのはいいが、そろそろ俺の上からどいてはくれないだろうか。

何度も言うが、引きとしてはSSRの美少女なんだよ、お前って奴はさ。

まさかないとは思うが……俺の十代の高校生ボディが正常に反応しないとも限らない。

いや、そろそろギリギリだ。

「ところで蒼真、ここはどこなのです？」

「第一体育館の用具倉庫だ。昨日のうちに転移可能そうな場所は全部チェックしたからな」

「〈転移〉は便利なのです。今度教えるのです」

「へいへい。さぁ、報告に行くぞ。最優秀賞ゲットするんだろ？」

俺の言葉に、今日一番の笑顔が飛び出す。

「蒼真と二人で頑張ったのです。絶対に一番なのです！」

ラブコメっぽい空気を出すのはよそう。


クラス合同オリエンテーションの結果は、俺たちが最優秀賞だった。

ＡＢの二クラスだけでなく、ＡからＦまでの全クラス全てにおいて、俺とすばるのペアは最高得点を叩き出していたらしい。

元勇者と元魔王がタッグを組んで、魔法まで使ったのだ。

当然といえば、当然の結果かもしれない。

目論見通り最優秀賞を獲得したすばるがご機嫌なのは結構なことだし、俺は注目を浴びたことで初日の悪い印象を払拭することができた。

クラスでも話しかけられることが増え、実に重畳な結果と言える。

些か、目立ちすぎてる気がしないでもないが。

さて、問題は『最優秀ペアに送られる素敵なプレゼント』いうやつだ。

これが今、俺を大いに悩ませることとなっている。

プレゼントの内容は一応伏せられているが、もしかしたら迂闊な元勇者がすでに口を滑らせているかもしれない。

ちなみに、今年の副賞の内容は……『課外活動の行き先決定権』だ。

ここで、一学期のスケジュールを軽く説明しておこう。

西門（さいもん）高校では、五月のゴールデンウィーク明けに中間考査がある。これは実力テストを兼ねており、教師陣が生徒の学力などを計る意味合いもある。

そして、その三日間の中間考査が終わった後に訪れるのが『課外活動』だ。

わかりやすく言うと、遠足。

高校生にもなって遠足という言葉を使いたくない大人達と若者が、自分を誤魔化すための詭弁（きべん）である。

それはともかく、俺とすばるはその行き先についての決定権を得てしまった。

さすがにどこでもとはいかないが、あらかじめ提示されたいくつかの選択肢から選ぶことができ、気に入らなければこちらからの提案も可能という、なかなかの特権である。

「聞いているのです？　蒼真（そうま）」

「待ってろ、いま説明中だ」

「誰になのです？　何をなのです⁉」

「いろいろあるんだよ、俺にも」

「深そうなことを言ってもダメなのです」

目の前でポテトをつまむすばるが、ペンで俺の手をつつく。

そう、時は放課後のファストフード店。

今まさにその『課外活動』の行き先をすばると協議中なのだ。

「俺に特に要望はない。すばるの行きたいところにしたらいい」

「そうやって斜に構えていればかっこいいと思っているのです？」

何故、この元勇者は俺の心を容赦なく抉ってくるのだろう。

勇者ゆえの本能だろうか。

「せっかくなので、みんなが楽しめる場所がいいのです。この山登りとか楽しそうなのです」

「体力不足の陰キャにとって山登りなんて気が重くなること請け合いだな」

「む。では、県立美術館見学はいかがなのです？」

「高校生が美術鑑賞？　マイノリティを気取って悦に入るのか？」

「うぬぬ……では、ウニバーサル・スタジオはどうなのですッ」

「……悪くないな」

「ほぇ？」

すばる……お前、俺が何でもかんでも否定すると思ってないだろうな。

そのテーマパークは、俺も気になっていた。

バスで直接乗りつけることができるから体力のないインドア派も気楽だし、太陽の光を浴びないと死ぬタイプのアクティブ系陽キャも野外であれば文句はないだろう。

コンテンツとしては若者向きだし、各々のペースで楽しめる。

課外活動の行き先としては及第点といえるのではないだろうか。

「じゃあ、それで決定にしよう」

俺の言葉に、すばるが少し困ったような目を向ける。

「蒼真、もう少し何かないのです？　行きたい場所とか、やりたいこととか……。せっかくの行き先決定権なのですよ？」

「ウニバーサルは楽しいんじゃないか？　俺は嫌いじゃないが」

「ちがうのです……蒼真は自己欲求とかそういうのが薄弱なのです」

元勇者が元魔王にやる気を出せというのも、なんだか妙な話だ。

世界征服でも目指した方がいいんだろうか？

いや、しかし……高齢化社会と経済崩壊の対策について考えるのなんてまっぴら御免だ。世界なんて手に入れたって管理が面倒なだけなのは、前世で充分に理解している。

「そうだろうか？」

「そうなのです。せっかく人になったのです。もっと人らしく、貪欲でクズっぽく、自分勝手でいいのですよ？」

「それが人類救済を掲げる勇者の言葉かよ⁉」

「元勇者なのです。それに一度救済したので、ノーカンなのです」

「その割に俺のこと討伐しようとしてたよね？　【聖剣】まで使ってぶった切ろうとしてたよね？」

「正当防衛なのです」

そこにどんな正当性があったっていうんだ……。

「ま、まぁ……いいや。行き先はそれでいいんじゃないか？　俺は行きたいところがあれば自分で行くしな」

「わかったのです。では、ウニバーサル・スタジオに決定なのです！」

レジュメの一カ所にくるりと赤ペンで丸をしたすばるが、それを鞄に仕舞い込む。

「さて、帰るか」

「もう帰るのです？」

「帰るとも。まだ何かあったっけ……？」

特になかったはずだ。

「せっかくなので、少し蒼真と話をしたかったのですけど……」

「ふむ？　何か問題か？」

「問題がなければ話もできないのです？」

やや険のこもったジト目ですばるが俺を見る。

「そういうわけじゃないが……」

「では、座るのです。代わりにジュースを奢（おご）ってあげるのです」

「あ、はい」

再度腰を下ろした俺は、小さくため息をついて先ほどまですばるがいた場所を見やる。

鞄も置きっぱなしだし、スマホはロックを外したままの状態でテーブルに置いたままだ。

かつて殺し合った相手をどうしてここまで信用できるのかと、些か不安になる。

俺はいい。

前世からして個人的な恨みもなければ、今生に持ち込むべき因縁や禍根もすばるに持っていない。

だが、すばるは違う。

前世の彼女は俺を殺すべき運命と使命を負って生まれ、それを成した勇者だ。

転生したとはいえ、俺がいまだ存在していることに、忌避感や敵対心をもっと持っていたっておかしくはない。

初日はいきなり襲われたことに驚いたが、今は別の意味で驚いている。

いくらなんでも元魔王に対して、無防備で気安すぎやしないだろうか？

さらに言うと、普通の女子高生としても危機感が足りないような気がしないでもない。

これが油断させる罠だというなら、勇者としてなかなか成長した……と感心するが、どうも違う。

有体に言うと……なつかれているような気がする。

「ううむ……」

「何をうなっているのです？　蒼真。はい、これでいいのですよね？」

「いや、何でもないんだ。ありがとう……」

差し出されたジンジャーエールを見て、再び俺は唸る。

ジュースの好みまで把握されている。

これじゃあ、まるで……。

「……よそう」

「何がなのです?」

目の前の美少女が小首をかしげて不思議そうな顔をするものだから、俺は年相応にドキリとして目を逸らす羽目になってしまった。

そういうところだぞ、すばる。

そのセンサーは多分不良品だと思う。

　ようやく四月も後半に差し掛かり、ゴールデンウィークを待つばかりとなったある日の放課後。

「ゴールデンウィークの予定はどうよ？」

「どうした、耀司」

「蒼真どん、蒼真どん」

　陽キャの空気感を隠しもしない耀司が、ややご機嫌な様子で俺に尋ねてきた。

　今年のゴールデンウィークは九連休。

　高校生になって初めての大型連休に浮き足立つのは、仕方のないことだろう。

　しかしながら、俺の答えはこうである。

「バイトだな」

「……そういうとこだぞ、魔王レグナ」

「耀司のゴールデンウィークが悲惨なことになる呪いでもかけようか？」

　元魔王の呪いは効果てきめんだぞ。

「遊ぼうぜー、遊ぼうぜー。せっかく高校生になったんだしよー。そういうのは二年になってからでいいんじゃね？」

馬鹿め、高校生になったから大手を振ってアルバイトができるようになったんだろう。

まぁ、アルバイトと言えないようなアルバイトはたまにしていたが。

「まぁ、全部バイトってわけじゃないが、教習所の金を貯めないといけないからな」

「教習所？」

「バイクの免許が欲しい」

ついでに言うと、バイクの購入資金も欲しい。

ちょっと前に、耀司に言ってなかっただろうか？

言った気もするが、言ってない気もする。

いずれにせよ、いま重要なのは耀司がそれについて知らなかったということだ。

「中免取りに行くの？」

「ああ」

「魔王がバイクで暴走とか、世紀末ファンタジーだよな。ヒャッハーとか叫ぶわけ？」

「まかせろ、お前の首に縄を巻いて引っ張ってやるよ。それで？　どの日を空ければいい？」

バカな返しをしつつ、予定を尋ねる。

「土日かな？　二日と三日」

「了解。空けとく……何かプランでもあるのか？」

「おう、何人かでキャンプでも行かねーかって話になっててよ」

泊まりでキャンプか……高校生の青春っぽい！

さすが、生まれながらにして陽キャは企画力が違う！

「お、やる気んなったな？」

「ああ、楽しそうだ。準備はどうする？」

「牧野（まきの）がいろいろ持ってきてくれるみてーだから、足りないもんに関してはまた言うわ」

「わかった」

牧野は最近よく話すようになったクラスメートだ。

なんと、例のペア・レクリエーションで世話になった牧野兄妹（きょうだい）の末弟である。

あの二人に比べてやや真面目（まじめ）っぽい性格ではあるが、話してみると意外に面白い奴だった。

「んで、最近……日月（たちもり）さんとはどうよ？」

「どう、とは？」

ギクリと身体と顔が強張（こわば）るのが自分でもわかる。

「いや、幼馴染みなんだろ？」

「あ、ああ……」

そういう設定なんだった。

「高校で運命的に再会した幼馴染みが美少女になっていた……しかも、イベントのレクリエーションではペア……！　お前はラブコメの主人公かッ！」

「実はそうなんだ」

「そこは否定しろよ。それで？　高校デビューしちゃったわけ？」

そこに下世話な要素が含まれているのは言わずもがなだ。

中学生で魔法使いになる資格を失った耀司にしたら、俺の置かれているシチュエーションは、わかりやすいものであるらしい。

そこには大きな誤解はあるが、客観的にはそう見えるのかもしれない。

「日月とはそんなんじゃない」

「はやく『そんなん』になっちまえよ。何をモタモタしてんだ」

「どうしてそうなる」

「早くしねーと、誰かにとられちまうぞ？　オレ、やだかんなお前のやけ酒に付き合うのなんて」

お酒は二十歳になってからだぞ？

「うーん……」

耀司の言葉を反芻して、少しばかり真面目に考える。

あの日、すばるは俺にこう言ったのだ。

――「この人生では、勇者じゃなくて、普通の女の子として……生きていくはずだったのです」と。

そうなると、俺という存在がいつまでもそばにいるのは、むしろマイナスではないだろうか。

俺が近くにいれば、少なからず前世の……勇者としての自分を自覚する羽目になる。

で、あれば。すばるとは、良好な友人関係を保ちつつも、きちんと距離を置くというのが正しい付き合い方だろうと思う。

「まあ、日月を大事にしてくれる奴ならいいんじゃないか？」

「お前はお父さんか何かかよ……」

あんな残念な勇者を娘に持った覚えはないぞ。

「オレっちのセンサーだとイイ線いってるハズなんだけどなー」

「壊れてるんじゃないのか、それ」

おそらく、そのセンサーはきっと男女のそれとは別のものを感知してる。

俺とすばるが一見親しく見えるのは、転生者という秘密を共有しているからであって、何も好き合ってるわけじゃない。

お互いに、忘れがたい過去を懐古しているだけだ。

「ま、いいか」

何かに納得したのか、耀司は立ち上がる。

「んじゃ、帰るわ。じゃあな、蒼真。また明日」

「おう」

お互い今のところ帰宅部なのだが、耀司は女子を含む陽キャ連中との付き合いがある。

俺はというと、帰りにＴＡＴＳＵＹＡに寄って新作ゲームを購入する予定だ。

このハッキリ分かれた明暗が、俺の高校デビューの失敗を物語っていた。

おのれ、勇者め！

「青天目君」

「ん？」

誰かに声をかけられ、そちらを向くとクラスメートの眼鏡女子……クラス委員長の麻生さんが俺を手招きしてる。

特に親しいというほどでもないが、何かとクラスで浮きがちな俺のことを気にかけてくれる癒し系女子だ。

おそらくジョブはヒーラーだと思う。

「彼女が来てるよー」

そうニヤける麻生さんの後ろにのぞく姿は、すばるだ。

「彼女ではないのです」

「彼女じゃない」

そう声を揃えてしまったことで、余計に麻生さんの顔がニヤけたことは言うまでもなかった。

「どうした、日月。何か問題か？」

「問題がなければ会いに来てはいけないのです？」

「そういうわけじゃないが」

「少し付き合ってほしいのです」

ひそひそとした声と視線を背後に感じる。

そうだろうそうだろう、俺のような陰キャが噂の美少女に気安くされていれば、気にもなるだろう。

大丈夫、俺とすばるはちょっと前世で殺し合う感じの仲で、そういうのじゃないから安心してほしい。

「構わんが……」

「用件は歩きながら話すのです。はりーあっぷなのです」

「へいへい」

そう返事をしたところで、背後に気配。

「あれぇ～？　日月さん？　青天目に何かあるの？　オレが手伝おうか？」

うっすらとただようメンズ香水の香り。

ああ、面倒なのが来たぞ。

「誰なのです？」

それに返事もせずに俺を見上げるすばる。

おいおい……きっとカチンと来てるぞ。プライドが高いタイプのイケメンなんだよ、彼は。

もっとデリケートに扱ってやってくれ。

「相模浩二（さがみこうじ）。青天目のクラスメートだよ」

「これはご丁寧（ていねい）になのです。でも大丈夫（すっこんでる）なのです」

……おいおい、ルビが透けて見えるぞ、すばる。

やめなさい。

それと、相模君。まるで俺と親しい人みたいに名乗るはよそうか。

君とはほとんどしゃべったこともない間柄だろ。

「さぁ、急ぐのです」

「わかったわかった。少し待ってろ」

急かすすばるに返事をして、鞄を取りに席に戻る。

その間、相模のきっつい視線を受けるハメになったが……まぁ、嫌われているのは薄々知っていた。

すばると親しくするということは、それだけあいつを狙う男子連中に目の敵にされるということだ。

それでもって、俺という人間はスクールカースト的には底辺あたりをふらふらする存在であり、それがより彼らの敵愾心を煽る要素になっているのであろう。

「おいおい、青天目……オレのことは無視か？」

「無視も何も、俺に用事があるわけじゃないんだろ？」

おそらく、すばるとの間を取り持ってくれという意味なんだろうことはわかるが、それなら
それで、もう少し俺に対して自分のプレゼンがいるだろう。

たいして親しくもない奴を、どう紹介しろというんだ。

強いて言うなら耀司の下位互換版です、みたいなことしか言えないしなぁ……。

あと、うっかりすばるの機嫌を損ねたら死ぬから近づかない方が賢明だぞ。

トラックに轢かれても異世界転生しない肉体が必要だ。

「なぁ、わかんだろ？　お前とじゃ釣り合い取れてねーよ？」

「なら、そう日月に伝えてくれ。売り込みを俺にまかせてるようじゃ底が知れるぞ？」

小声の相模にはっきりと答える。

陽キャなら陽キャらしく、営業よろしく自分をアピールすればいい。

耀司はそうしてモテてるんだから、きっとそれが正解なんだろう。

「てめ……！　調子のんなよ？」

「思い通りにいかない理由を俺の調子のせいにするなよ……」

『イケメン枠』かと思ったら、どうやら『ちょいグレ枠』だったか。

陽キャの分類というのは存外難しいものだな。

「待たせた。行こうか」

相模を無視して鞄をひっつかみ、すばるのもとへと向かうと、麻生さんと何やら話していたすばるが腰に手を当てて頬を膨らませた。

「わたしを待たせるとはいい度胸なのです。一杯奢りなのです」

「横暴が過ぎる！　お前は魔王か何かか⁉」

やり取りを見ていた麻生さんが、苦笑して俺を教室の外へと促す。

「はいはい、ご馳走様。またね、青天目君」

「ああ。また明日」

教室からはいまだに相模の視線を感じるが、麻生さんに軽く手を振って、すばると共に廊下に出る。あのように喧嘩腰で迫られてしまうと、俺としてはいかんともしがたい。

クラスメートとの溝(みぞ)を深めるのは本意ではないが、あのように失礼な奴とはそれなりに距離を置いておきたい気分だ。

「なんなのです、あの軽薄な男は」

「本人曰(いわ)く、クラスメートの相模君だ」

「……ではなく、蒼真に失礼なのです」

「青天目な。まだ校内だぞ」

このように元勇者が迂闊(うかつ)なのも問題なのだ。

「それで、用事とは？」

「少し試したいことがあるのです」

「試す？」

「勇者化について、なのです」

小さく、囁(ささや)くようなすばるの声。

本人も学校でするには憚(はばか)られる話題だとわかっているのだろう。

「手短にな」

「何か予定があったのです？」

「俺にだって予定くらいある」

「どうせゲームの発売日なのです」

　何故ばれた。

「活動可能限界を知りたいのです。実際に、どのくらいの力があるかも」

「賛成しかねるな」

「蒼真？」

　不思議そうにすばるが俺を見上げる。

「それ、必要なことか？」

「どのくらい使えるか知っておかなくてはいけないのです。今までは適当にやってたのでよくわからないのです」

　アレを適当にやってたのか。不用心な奴め。

　それで入学初日のあの日、魔王の前でガス欠とか致命的すぎるだろ……！

　それにしても、だ。すばるは認識が甘い。

「普通の女の子として生きるんだろ？　勇者の力って必要か？」

「何かあったときに、また勇者として立つ必要があるかもしれないのです」

「そんな覚悟、そこのゴミ箱にでも捨てちまえ」

　俺の返答に、すばるが少し驚いた顔をして、それから微笑んだ。

その可憐さに、少しドキリとさせられる。

「……もしかして、心配してくれてるのです？」

「まあな。うっかりそこらの人間を挽肉に変えられては困る」

「む」

俺の照れ隠しには気づかなかったようで、再び頬を膨らませるすばる。

「できれば、金輪際『力』は使わないほうがいい。普通の女の子は【縮地】したり光のモップでコンクリを裁断したりはしないからな」

「では、この世界に危機が訪れたらどうするのです？」

「他の奴にまかせろ。やばくなったら勇者くらい召喚されるだろうよ。……どうしてもダメそうなら、俺が何とかする。元魔王が何ともでききんような危機だったら、すばるにもどうにもできんだろ」

すばるが不思議そうな顔で俺を見る。

時々見せるこの表情は一体なんなんだ……。

俺は何か妙なことでも言っただろうか？

「うん……。なら、予定変更なのです。駅前のＴＡＴＳＵＹＡに向かうのです」

妙に嬉しそうにしたすばるが俺を振り返る。

「ん？　どうしてだ？」

「今日発売のゲームは蒼真好みだと思ったのですが、違うのです？」

「ぐっ」

「ほら、早く行くのです」

やれやれ……ご機嫌なのは結構だが、そろそろ『普通の女の子』として、俺とも距離を取ってもらわないとな。

パーティー編成はアライメントをあわせようぜ。

「よう、蒼真」

「ああ……」

ゴールデンウィーク。

約束の日……最寄り駅の一角、キャンプ企画の集合場所で俺は何とも言えない気持ちでため息をついた。

人数が当初より大幅に増えた、とは聞いた。

そのメンバーに隣のクラスの奴がいるのはいいだろう。

二クラス合同レクリエーションを通じてできた関係を良好に継続させるのは、とても素晴らしいことだと思う。

広がる友人の輪。実に結構なことだ。

女子がいるのもいいだろう。

野郎ばっかりよりより、雰囲気がずっと華やぐ。

しかして、その中にすばるがいるというのは……どうなんだろう。

「おはようなのです」

「ああ、おはよう」

適切に距離を取ろうと決めて、わざわざゴールデンウィークを忙しくしたのに、これでは台無しである。

「灰森君に誘ってもらったのです」

「そうか。よかったな」

耀司め、どうせまたいつものお節介のつもりだろう。

気遣いはありがたくはあるが、今回は悪手だぞ。

「なんだ、青天目も来たのか」

「あ、ああ……。相模も来たんだな」

それでもって、相模までいるのはなかなか攻めてるな、耀司。

あらかじめ参加メンバーを確認しなかった俺も悪いが、これだったら俺は不参加の方がよかったかもしれない。

いまからでも用事を思い出すべきだろうか？

「キャンプなんて初めてなのです。楽しみなのです」

前世は魔物ひしめく『迷いの森』で野営してただろ。

耀司に気を遣う必要はないんだぞ、すばる。

「なぁ、耀司。一体どうなってるんだ？」

小声で問いかける俺の肩に手を回して、耀司が俺を少し離れた場所に連れ出す。

「いろいろあったんだ」

「いろいろの内容に関して聞いてるんだぞ、耀司。急な用事を思い出しそうなんだが？」

「ちょっ……」

別に耀司を困らせてやろうとか、そういうつもりは毛頭ないが『パーティのアライメント』というのは考慮が必要だ。

古今東西、ローフルとイービルは同じパーティに編成できないんだぞ？

「説明するから、ちょい待ち」

なかなか要領を得ない耀司の説明によると、事の次第はこうだ。

まず、男だけではむさくるしかろうということで、耀司がクラスの女子……主に麻生さんに声をかけた。

グッジョブと言えるだろう。

そうなると、隣のクラスの奴も参加する手前、女子も隣クラスの女子に声をかける。

それでもって、俺がいるということで……そう、何故か俺がいるという理由ですばるにも声がかかった。

するとすばるはすばるで、何故か俺がいるなら行くと返答し、さらにそれをどこからか知った相模と、その他有象無象が急遽参加を申し込んできた、と。

同じクラスの奴の参加を断るわけにもいかず、さらにいうと企画段階において、俺と相模のちょっとした諍い事なんて知らなかった耀司はそれを承諾して……本日にいたるというわけだ。

「あらかじめ相談してくれたら、不参加にしたのに」

「ばっか、蒼真。そう言うと思ったから、黙ってたんだよ。お前が不参加じゃ意味ねーからな」

「そうなのか？」

「……蒼真はすぐに、まわりと距離置こうとすっからな。初動でミスった分、ダチのオレがフォローしてやろうって優しみだ」

陰キャでコミュ障なだけで、別にクラスメートとは距離を取ってるわけじゃないんだぞ。

だが、心遣いは痛み入る。お前がいい奴だってのは、俺だってよく理解しているところだ。

「相模もまぁ、一年は一緒だしよ……距離感測りながら頼むわ」

「ま、俺はいいんだけどな」

ただ、せっかくのキャンプの空気が悪くならないかって心配をしているんだ。

俺のせいで他のみんなが楽しめないなんて、本末転倒だろ？

不得意なんだよ、集団行動とか仲良くない奴となんとなく上手くやるってのは！

「何をこそこそしてるのです？　BでLな展開なのです？」

「日月、盗み聞きはよくないな。そしてそんな展開は、ない」

「お、日月ちゃん。ちょうどいいや、蒼真を頼むわ」

「よくわからないけど、任されたのです」

その場を離れようとする耀司からは別のメッセージがウィンクと共に、視線で送られてくる。

口に出したのとは逆の意図だ。

俺にすばるのお守りをさせようって魂胆だな？

まったく、勘違いとはいえお節介が過ぎる。

だが、まぁ……この状況下だ。すばるが何か恐ろしいことをやらかさないように見張る必要はあるか。

「日月。絶対に力は使うなよ。焚火に魔法で火をつけるとか厳禁だからな？」

「〈着火〉程度、バレやしないのです」

ほらみろ、すでに怪しい。

「いいか、日月。このキャンプの間……一切合切、どんな力も使うな」

「どうしてなのです？」

「普通の女子高校生は【身体強化】も【聖剣】も魔法も使わないもんだ」

「そ……青天目君はいいのです？」

「俺は普段からできるだけ使わないようにしてるからな。とにかく、約束だ」

少し考えるそぶりをしたすばるが、小さく頷く。

「わかったのです。約束なのです」

「フォローはする。『普通』になる努力をしろ」

俺がそばにいたらそれも難しいとは思うが、力さえ使わなきゃちょっと残念な美少女で済む。

何、じっとしていれば今回お前に釣られた男子諸君がお姫様のように扱ってくれるさ。

「そろそろ出発しようぜ」

耀司の声に促(うなが)された同級生たちが荷物を担(かつ)ぎ上げて駅のホームへと歩いていく。

目的地となるキャンプ場は電車とバス、ちょっとした山歩きも含めて約一時間。

山あいにある比較的新しいキャンプ場で、各種施設やグランピング設備も整っているのでかなりお手軽だ。

男子は牧野(まきの)や俺が持ってきたテントを設営し、女子は鍵のかかるグランピングコテージを使用するらしい。

いやはや……耀司の企画力にはただただ脱帽するばかりだ。

陽キャというのはすごいな。

「あんたが青天目君？」

「ん？」

そんな同級生たちの後ろ姿を眺めていた俺に、誰かが不意に声をかけてきた。

あまり聞いた覚えのない声だ。

振り返ると、あまり馴染みのない女子がこちらを見ている。

さて、この娘(こ)は……誰だったか。

「アタシ自己紹介したっけ？」

「……悪いけど、覚えがないかな」

髪の毛を金色に染め、少しばかり派手ないでたちをした、吊り目が特徴の女の子。

顔は見たことある気がする。

たしか、隣のクラスの……。

「吉永だよ。吉永真理。いちお、中学からすばるのツレやってるんで、顔と名前覚えてね？」

苦笑しながらも、吉永さんが手を差し出した手を握り返す。

派手な見た目とは裏腹にフレンドリーだ。

「俺は――」

「青天目君でしょ。知ってるわよ。すばるがしょっちゅう話してるもん」

「しょっちゅう？」

「むしろその話題がほとんどっていうか、ほんと笑う」

当の本人は、何やら数人でやっているお菓子の交換に忙しいらしくこちらを見ていない。

うまくやっているようで結構なことだ。

それにしても、俺の話ばかりするなんて話題少なすぎか。

もう少し、ホットな話はなかったのか、すばる。

「……んで、アンタって誰なワケ？」

和やかな様子から一転、急に吉永さんの声色が鋭くなった。

「日月から聞いてないのか？」

「アタシは今、アンタに聞いてるんですケド?」

「昔馴染みだよ。昔はあんまり仲良くなかったけどな」

嘘は言ってない。

「ふーん……」

「何か?」

微妙に納得いかなさそうな吉永さんに、逆に問う。

すばると彼女の関係についてよくは知らないが、この雰囲気からしてすばるにとっては友好的な人間なのだろう。

俺を問い詰めるような声色の端々(はしばし)に、すばるへの心配が滲(にじ)んでいる。

おそらく、保護者的同級生というやつだ。

すばるがこれまで大きな問題を起こさなかったのに、深く関係しているに違いない。

「アタシさー、初日と二日目とかちょいちょい学校休んでたんだケド……」

「そうなのか?」

「ちょっと事情があってね。そんで、すばるったら急に青天目君の話するもんだからさ」

「俺も再会を驚いたよ。悪い意味で変わってないのにも驚いた」

それを聞いた吉永さんが、警戒を解くのがわかった。

「あの子ったら昔からああなワケ?」

「昔からああなんだよ」

くすくすと笑いながら、吉永さんがすこし会釈する。

「カンジ悪くてごめんね。ちょっと心配しすぎたッポイ」

「日月にいい友達がいて安心した。上手いこと舵を取ってやってくれ」

「なにそれ、お父さんみたいなんですケド？」

笑いをこらえられなくなったらしい吉永さんが、小さく肩を揺らす。

「どうしたのです？」

気がつくと、お菓子を抱えたすばるがそばにまで来ていた。

ここだけハロウィン会場かな？

「何でもないわよ。すばる、青天目君って面白い人だね」

「愛想が足りないのです。でも、昔よりはマシなのです」

すばるの言葉に噴き出しつつ、吉永さんは何かを俺に差し出す。

「これ、アタシのＬＩＮＩＡ－ＩＤ。アンタとはいい友達になれそう」

「ああ、よろしく」

受け取って、俺も用意していたＬＩＮＩＡ－ＩＤのカードを手渡す。

今はこれが流行りなのだ。

わざわざスマートフォンでぱっとできることを名刺みたいにして渡すというひと手間が、逆に受けてるという意味不明な話なのだが、これはこれでなんだか面白い。

早速、ＬＩＮＩＡに吉永さんのＩＤを登録しておく。

思うに、彼女は信用するに値する人間だ。

何せ、『救世の一団』なんて呼ばれた勇者のために結成されたパーティすら勇者プレセアを見放したというのに、彼女はすばるを心配して俺に圧をかけてきた。

派手な見た目とは裏腹に、ひどくお人好しなんだろうことは想像に難くない。

「お友達になったのです?」

「なったケド?」

「軽薄で破廉恥なので気をつけて接するのです」

「本人の目の前でそういう注意喚起をするのはやめよう」

「陰口はいけないのです」

面と向かって言えば許されるってわけじゃないからな?

「仲いいね?」

吉永さんの言葉に、思わずすばると顔を見合わせて……同時に逸らす。

「悪くはないのです。友達、なのです」

「昔よりは、マシだな」

お互いの意見に一致を見て安心するが、同時に少しの後悔が込み上げる。

すばると、こんな気安い関係になったのは俺にとって喜ばしいことだ。

きっと、すばるにとってもそうだろうと思う。

しかし、出会うべきではなかったのかもしれないという思いもある。

元魔王という存在に遭遇しなければ、元勇者としてのすばるもまたなかったのではないか？

俺という存在が、すばるが望む『普通の女の子』としての日常を遠ざけたんじゃないか？

……という懸念が些か強い。

「なんか難しい顔してるね？」

「生まれつきなんだ」

「嘘、似合わないよ？　なんかあるワケ？」

説明のしようがない。

自意識過剰かもしれないしな。

「可愛い女子二人を相手にして緊張してるんだよ。な？　蒼真」

「まあな……」

「もうちょいで電車くるってよ！　そろそろ行こうぜ」

「じゃあ、ここは任せた。陰キャはちょっと休憩させてもらうとするわ」

助け舟を出してくれた耀司に二人の相手を丸投げして、俺はそそくさとホームに向かって歩き出す。

居心地が悪いわけではないが、すばると吉永さんのそばからは離れたほうがいいだろう。

俺という存在は、すばるの願いの妨げになる。

残念勇者をフォローするつもりでいたが、お守役がいるなら俺はお役御免だ。

俺なりに気楽にキャンプを楽しませてもらおう……と、思ったのだが。

「蒼……ではなく、青天目君」

「どうした、日月」

せっかく物理的に取った距離を即座に詰めるんじゃないよ、まったく。

俺の気遣いを秒で無にするのはやめよう？

顔を上げると、少し心配した様子のすばるの顔。

「大丈夫なのです？」

「陰キャは知らない人と話すだけで消耗するんだ。知らなかったのか？」

「それならいいのです。真理は善人で美人なのです。恐れることはないのです」

「わかってるさ。いい友達がいるようで、元魔王は安心してますよ」

いまは茶化して誤魔化すしかない。

俺の考えてることが、独りよがりかもしれないなんてわかっているんだ。

それでも、かつて魔王レグナだった俺は……あの決戦の日、ただ世界のために自分の何もかもを犠牲にした、美しい少女を救いたいなんて考えてしまう。

そして今度こそ、その願いを叶えてやろうなんて……自惚れてしまうんだ。

魔王だって落ち込むことくらいある。


キャンプ場に到着してから一息ついていた俺たちは、次にテントの設営やバーベキューの準備に取り掛かった。

ここでいいところを見せておけば、同行した女子の好感度も上がろうというものなので、男子勢は俄然勢いづく。

そして、それは女子も同じ感覚であるらしく、その女子力を誇示するがごとく持ち寄った食材の準備をし始めていた。

このガツガツした感じ……実に若者らしくて結構なことだ。

「……それで？　何故お前は焚き火の準備をしているんだ」

「野営の準備といえば焚き火なのです」

料理をしつつ、獣避けと体温保持の役割を担う焚き火の設営は確かに重要だ。

こと、魔物蠢く『迷いの森』などであれば、そうであろう。

しかし……ここは設備の整ったキャンプ施設だ。

水道も電気も通っていればトイレもあるし、当然だがバーベキュー用の東屋もある。

それに牧野(まきの)をはじめとした数人が、バーベキューコンロも持ち込んでいる。

はっきり言おう。

このキャンプ場に焚き火は必要ない。

いや、あったらあったで雰囲気は出るかもしれないが、出だしに率先して取り組むものではないだろうと思う。

「日月。焚き火は後でいいから、向こうで一緒に食材の準備をしてきたらどうだ？」

「わたしは食べ専なのです！」

「いいから行ってこい。芋(いも)を洗うだけでもきっと役に立つ！」

「考え方が古いのです！　料理が女の仕事と思ったら大間違いなのです」

争点はそこじゃない。

周囲から浮かないように注意しろと言ってるんだ！

……人のことを言えた義理ではないが。

「それよりも、それは何なのです？」

「これか？　これはテントだ」

俺が設営しているテントを、胡乱(うろん)げな目で見つめるすばる。

「……魔力を纏(まと)っているように見えるのですが？」

「ああ、魔法道具だからな」

魔法道具は物に魔力を通わせて魔法的な働きをする道具類の総称だ。

かの異世界では便利な生活用品から兵器の類いまで様々な魔法道具が存在した。

「どこから持ち込んだ魔法道具なのです⁉」

「俺のお手製だ。空間拡張と空調機能を搭載してる。あと、何故だかフリーWｉ－Ｆｉもつながる仕様だ」

「キャンプを何だと思ってるのです？」

「快適性は必要だろ？」

「日常では得られない不便さを楽しむものなのです！　大前提が間違っているのです！」

何故か残念勇者に窘められてしまった。

「まぁ、やりすぎた感は否めないいな」

強化魔法も山盛りにかけてあるからハリケーンの直撃でも大丈夫だし、グリズリーに出くわしたって籠城できる。

まぁ、野生動物くらいなら、いざとなれば何とでもできるが。

「わたしのことをとやかく言えないのです」

「俺はいいんだよ」

「よくないのです」

そんな言い合いをしていると、こちらに近づく人影。

「青天日、何やってんだ？」

「みんなで準備してんだからさー……協調性見せろよ、そういうとこだぞ？」

相模と……えーっと河内だったか。

言葉としては状況に即しているが、表情に悪意が滲んでるのはよくないな。

一見陽キャ風味なんだから、もう少しさわやかに頼みたい。

「ああ、すまんな。すぐにやるよ。ほら、日月、行ってこい。そして芋を洗ってこい」

背中を押して、すばるを女子たちの方へと促す。

何か言いたげにしていたが、俺の意図を汲んだのか黙って向かってくれた。

猪突猛進の残念勇者としては上出来だ。

「お前さ、なんか勘違いしてね？」

テントを組み立てるふりを始める俺に、イライラした様子の河内が凄む。

おいおい、『冒険者ギルドで新人いじめをする困った中堅A』みたいな態度はよしてくれないかな。

「幼馴染みかなんか知らねぇーけどよ、自分の立ち位置っていうかなー、身のほどっていうかなー、そういうのわかってんの？」

短く刈った茶髪を逆立てた一見おしゃれ目ボーイの河内君が、俺を睨んでくる。

おお、怖い怖い。なかなか堂に入ってるじゃないか。

「河内、日月のことなら俺に遠慮はいらない。昔馴染みってだけで、仲が良かったわけでもなし、気安くはあるが今も別に特別な関係じゃない。仲良くしたいなら俺じゃなくて本人に声をかけてやってくれ」

ただし、うっかり機嫌を損ねて挽肉にならないように注意してほしい。

「だったらよォー……ちょっとは遠慮しろよ。わかんだろー？　自分が邪魔だってことはよ？」

何かしら積極的な妨害を行ってるならともかく、いるだけで邪魔になるような要素が俺にあっただろうか？　いや、ない。

なので、正直に俺は問う。

「わからないな。俺に何を求めてるんだ？」

そう伝えると、先ほどまでうるさかった河内とニヤニヤしていた相模が、真顔になって顔を見合わせる。

「お前、なめてんの？」

「もしかして、頭悪ィのか？」

なんだ、剣呑だな。

しかも、まったく脅威を感じないので、俺としてはどう反応していいかわからない。

ここは、どんな場面だ？　怯えるところか？　それとも睨み返すところか？

こういう時に、困るんだよなぁ……俺の人間関係の経験の乏しさってのは。

「日月と仲良くしたいなら、日月に直接言ってくれ」

「てめーがそれを邪魔してんだろうがよ！」

どこをどう見たらそう思えるんだ。

俺はここにいて、すばるは向こうにいる。

俺の前にいること自体が、すでにおかしいんじゃないだろうか。

「テメーがよ、この場にいること自体……空気読めてないって言ってんだよ」

「場違いなのもわかんねーのか？」

「みんなそう思ってるぜ？　お前みたいなネクラなのがここにいると迷惑だってよ」

「……！」

痛いところをついてくる。

確かに俺は、こういったシチュエーションに適した人間ではないかもしれない。

みんなにそう思われても仕方ないだろう。

「うーん……」

いずれにせよ、この二人がこの調子じゃ空気が悪くなるだろうし、その原因が俺となれば、俺も居心地が悪い。

しかし、『いるだけで迷惑』とは……。

魔王時代を思い出して、少しばかり落ち込むな。

あの時も人間たちの王に言われたんだっけ。

……『存在そのものが迷惑』だって。

高校に入っての初めてのイベント。

せっかく集まったみんなには楽しく過ごしてもらいたいし、耀司にしても初手失敗はこの先の陽キャライフにとって、手痛いつまずきになるかもしれない。

あれでいろいろ世話になっている。迷惑はかけられないな。

仕方ない。今回は二人の言う空気とやらを読むとしよう。

「すまなかったな。俺は帰るよ」

「はぁ？」

何を意外そうな顔をしている。

場違いだと言ったのはお前らだろうに。

「耀司には『急用ができた』と伝えといてくれ。あと、これ俺が担当だった物品な。置いとくから」

設置したキャンプ道具を素早く鞄に収納し、自分に割り当てられた作業に必要なものをその場に置いて、俺は立ち上がる。

「じゃ、怪我しないように気をつけてな」

うっかりすばるのブローを喰らったら即死の危険もある。

まあ、すばるのフォローには吉永さんがいるし、すばるにもちゃんと言い含めておいた。

俺がいなくてもそう無茶なことにはなるまい。

それに、俺がいてはすばるの『普通』が遠ざかってしまうからな……。

些か残念だが、俺のせいでこの親睦キャンプを台無しにするのは避けたいし、ここは撤退だ。人間社会では協調性と連帯感が重要だからな。

「じゃあ、また学校で。みんなによろしく」

「お、おう……」

やや納得いかないのか、微妙な顔でこちらを見る相模と河内に軽く手を振って、俺はみんなに気を遣わせないように、その場をそっと離れた。

――曲がりくねった山間の道路を歩くこと十数分。

「……待つのですッ！」

空からの高速飛来物が、俺の前で華麗にヒーロー着地した。

キャンプからほんの少し離れた国道の上、どういう理屈かもうもうと立ち込める煙の中から姿を現したのはすばるである。

まぁ、こんな登場のし方をするのはすばる以外ありえないだろう。

「待つのはお前だ！　こんな目立つところで〈高速飛行〉を使ったな？　誰かに見られたらどうする⁉　俺もビビったわ」

「どこへ行こうというのです？」

「……ちょっと家まで？」

チリリ、とすばるから殺気が放たれて、周囲から鳥のさえずりが消えた。

のどかな山の空気を一気に凍りつかせるんじゃないよ、まったく。

「どうしてなのです？」

「……用事が、できたので？」

俺が何か答えるたびに殺気を増幅させていくすばる。

いまにも【聖剣】を抜きそうな雰囲気だ。

「下手な嘘なのです。正直に答えれば聖滅は免れるのです」

「諸事情ありまして……」

「嘘を言わなければいいというものではないのです。正直に、どういうことか、全て話すのです」

聖気と殺気を漲らせながら、すばるがゆっくり近づいてくる。

ああ、まずいなこれは……なぜか相当怒ってるような気がするぞ。

怒らせるような真似は何もしてないはずだが。

「えーっとあれだ、空気を読んだんだよ、空気を」

「この澄んだ空気に何か問題でもあるのです？」

「強いて言えば、俺がいると澱むと苦情があった」

魔王時代は世界の環境整備に随分気を遣ったものだ。

何せ、空気と水というのは生活に欠かせないわりにすぐに汚れるからな。

「なにか毒気でも吐くのです？　〈解毒（キュア・ポイズン）〉するのです？」

「バカをいうな。俺は人間だぞ」

「なら、どうして急にいなくなるのです？」

　しゅんとした様子で、濃い殺気を放つのはやめたまえ。

　いつ聖滅パンチが繰り出されるかわかったもんじゃない。

「まぁ、ちょっとあってな。俺がいるとキャンプを楽しめないって奴がいるんだ」

「そんなことだろうと思ったのです。では蒼真（そうま）、さっさと戻るのです」

「俺の話、聞いてた？」

　昔から話を聞かない奴ではあったが。

「蒼真が楽しみにしていた、と灰森（かいもり）君から聞いたのです。余計な気を回して損をする必要はないのです」

「そうは言ってもな。それに損得じゃない部分もあるさ。やっぱり企画のカラーとか雰囲気とかあるだろ？」

「元魔王のくせに細かいことを気にする男なのです……。やっぱり予定通り叩きのめして引きずっていくのです」

　周囲の空気がにわかに震えて、すばるのプレッシャーが大きく増す。

　こいつ、『勇者化』しやがった……！

「お、おい、日月……」

「すばる、なのです」

繰り出される拳がのっけから音速を超え、衝撃波を発生させる。

当然、避けたが……集束したそれは転落事故を防止するためのガードレールを破壊した。

誰かがここから落っこちたらどうするんだ！

「落ち着け、すばる。力は使わないと約束しただろ？」

「蒼真が先に裏切ったのでノーカンなのです……ッ！」

ああー……しくじった。

気を遣ったつもりですばるの地雷を踏み抜いたらしい。

仲間に去られ、救うべき民衆にも背を向けられた『勇者プレセア』のトラウマ。

裏切ったつもりはまったくないが、それを想起させるような行動であったかもしれない。

そこは大きな反省点だ。

「勝手に帰ろうとしたのは悪かった！」

「では、戻るのです？」

……それは、どうしようか？

そう一考するほんの少しの逡巡が、すばるにとってはアウトだったらしい。

ぞっとするような殺気を撒き散らしながら、超高速で懐に飛び込んできた。

「何としてでも、戻らせるのです！」

「ヒエ……！」

避ける。

とにかく避ける。

アスファルトに多数の陥没を作り、ガードレールのそこかしこを寸断させながらなんとかすばるの猛攻をしのぐ。

一撃でももらえば、ひどいことになるのは確実だ。

「……ッ」

次なる攻撃に備えようとしたその瞬間、すばるの膝がかくんと折れた。

どうやら『勇者化』の活動限界が来たようだ。

「はぅ」

「おい！」

足をもつれさせてつんのめりそうになるすばるを、いつぞやのように【縮地】を使って支える。

すばるは荒い息を吐きながらも俺を摑み、抱きつく。

「……捕まえたのです」

「なぬ」

「計画通り、なのです。観念して戻るのです」

息を切らせながらも悪戯っ子のように笑うすばるを見て、俺は自分のミスに気がついた。

追いつかれた時点で勝負は決していたということに。

「はあ……やれやれ、これは俺の負けだな」

「いつだって勇者は魔王に勝利するものなのです」

「おっしゃる通りで。さて、戻るしかないか。しかし参ったな、どう説明しよう」

「わたしが連れ戻したのです。その通りに言えばいいのです」

すばるに捕捉される前に……あるいは、追いつかれた時点で〈転移（テレポート）〉なりで逃げ切らなかったことが決定的な敗因だ。

俺をただ連れ戻すもよし、勇者化して力ずくもよし、倒れた自分をネタに強請（ゆす）ってもよし。

こんな欲張り三点セットには、とてもじゃないがかなわない。

「なあ、すばる。勇者化が切れたお前を、俺が放って帰るとは思わなかったのか？」

「？　思わなかったのです」

不思議そうにするな。

俺もこの状況を不思議には思うが。

「『魔王レグナ』ならいざ知らず、蒼真はわたしを無視して帰ったりしないのです」

「その自信はどこから湧くんだ……」

俺を掴んだままのすばるを抱（かか）え上げて立ち上がる。

柔らかくて、いい匂いがする女の子。無力で、無防備で、小憎たらしくも優しい。

どうして、かつて敵だった俺をこうも信頼できるのか。

「蒼真、ゲットなのです」

「紅白のボールをぶつけたりしないでくれよ」

「そう言うなら、逃げないでほしいのです。捕まえる必要がないように立ち振る舞うのです」

「へいへい」

そう気だるげに返事しながら……俺は自分が『逃げた』ということを自覚した。

まったくもって世界を救った勇者の言葉は重い。

……仕方ない。

元魔王は、少しばかり魔王らしく……堂々としてみよう。

それが、かつての好敵手たる元勇者の信頼に応える、ってことになるのだろうから。

言っておくが、俺はエロ魔王ではない。

「お、帰ってきたな」

「約束通り、連れ戻してきたのです」

「さっすが、日月（たちもり）ちゃん。おかえり、蒼真（そうま）」

設営の指示をしていた耀司が、まるで当たり前のように俺と、俺に抱（かか）えられたすばるを迎えてくれた。

「ただいま」

「用事は済んだかよ？」

「ああ、世話をかけた」

「相変わらずめんどくせー奴だよ、蒼真は。どうせ自分がいたら迷惑になるーとか陰キャムーブ起こしてたんだろ？　ああ、相模（さがみ）と河内（かわち）のことは気にすんなよ？　もう片付いた」

そういえば、姿が見えない。

俺が戻ってくれば、いの一番に難癖（なんくせ）をつけに現れてもいいくらいなのに。

さて、どこに行った？

軽く嫌がらせをしてやろうと思ったのに。

「さぁ、楽しいキャンプの続き……といきてぇとこだが、日月ちゃんはなんでそんななの？」

「ちょっと息切れしてしまったのです」

「……足腰立たないほど息を切らすようなことしてきたワケ？　林の陰で？　大人の階段上っちゃった？」

「恐ろしい風評被害を撒き散らすな！」

本当に頭の中がピンクで満たされてるな、お前って奴は。

「ジョーク、ジョーク。すぐにバーベキュー始めるからよ、ちょっと日月ちゃんと休んでろよ」

「悪いな、そうさせてもらう」

かるくウィンクした耀司が立ち去ってから、俺は特製テントを地面に放り投げる。

指をパチン、と鳴らしてやるとそれはひとりでにパタパタと組み上がっていった。

「……便利すぎるのです」

「便利なのはいいことだ。ほら、中で休んでろ。しばらくゆっくりしているといい」

抱えたまま入って、ふわふわのソファの上にすばるを転がす。

「蒼真はどうするのです？」

「心配させた詫びに、準備を手伝ってくる」

「む、わたしも行きたいのです。さぁ、抱えていくのです」

抱っこをせがむようにすばるが両手を突き出す。

何とも魅惑的なトラップだが、首を横に振ってそれに応える。

「お前を抱きかかえて広場になんて行ってみろ、大騒ぎになる」

「若人は騒ぐものなのです」

「騒ぎの種類が違うだろ……。それに、その状態で行ったって、手伝いはできないんじゃないか？」

ふにゃりと眉尻を下げて、すばるが俺を見る。

「勇者化の弊害なのです。どうにかならないのです？」

「ふむ……」

確かに、こうも度々倒れていてはすばるも困るだろう。

しかも、今回のことは俺が発端だ。何とかしてやりたい気持ちはある。

さて、どうしたもんか。

「実際のところは、どんな感じなんだ？」

俺とて今生の体は人間そのもの。

魔族としての特性は少しばかり発現しているものの、生体的には普通の人間だ。

しかし、力を多少揮ったところで、こんなふうにはならない。

すばると俺、一体何が違うのだろう？

「体がだるいし、喉は渇くし、頭はくらくらするし……まるで魔力枯渇を起こしてるみたいな感じなのです」

「……みたい、ではなくてそのものじゃないのか？」

魔力枯渇。体内の魔力が尽きた状態。

肉体というのは理力・精神・魔力のバランスで保たれるものだ。

どれかのバランスを欠けば不調になるのは当たり前で、魔力枯渇はその中でも最も起こしやすい。

特に、魔法などの超常の力を揮う者は。

俺の場合、恥ずかしいことだが中二病に罹患(りかん)した際に行っていた瞑想や、それに記憶と力を取り戻してから行った訓練が功を奏して、環境魔力をスムーズに体内に取り込めるし、そもそもの保有量も多い。

すばるの勇者化がどれほどの魔力消費を肉体に課すのかは知らないが……症状的には魔力枯渇に酷似(こくじ)している。

「魔力回復薬(マナ・ポーション)が欲しいのです……」

「この世界だとエナジードリンクが一番近いんじゃないかな……翼を授ける系の……」

高濃度のカフェインは魔力を回復させる。

これ、マメな。

「このダルさから解放されるなら、何でもいいのです。キャンプが台無しなのです」

「ぐっ」

そう言われてしまうと、さすがにへこむ。

なにせ、すばるがこんな状態になっているのは俺のせいで、このままではすばるがキャンプを楽しめなくなる。

まあ、魔力枯渇であれば、いくつか対処法はある。

「魔族視点でものを語ってはいけないのです」

「【存在力奪取】は使えるか？」

【存在力奪取】は高位魔族が使う能力だ。

接触した相手から、存在そのものと言える理力・精神・魔力を奪取し吸収する力で、俺からそれらを奪えば回復は容易い……と思ったが、やはり元勇者とはいえ人間族。さすがに無理があるか。

「あとはー……」

魔王時代は他の魔族に魔力を分け与えられた。

ちょっと手の平から飛ばしてやればできたが、今はできない。

あれは、魔族同士の共振みたいなものだ。

そういえば配下のカーネギーは、腹心の半魔族の娘にどうやって魔力やらスキルやらを分け与えていたっけ？

——……って、この方法はとてもじゃないが無理だ！

「……？　何か方法があるのです？」

「魔族同士でないと使えない手段だった」

「嘘の匂いがするのです」

どうしてこの元勇者は、こうも面倒なところでだけ勘が鋭いのか。

こんな時こそ、いつもの残念さをいかんなく発揮してくれればいいものを。

「きりきり白状するのです」

「これはダメだ。別の方法を考えるから待て」

「ダメかどうかはわたしが判断するのです」

言いだしたら聞かない奴だ。

「はぁー……配下のカーネギーが半魔族に力を分け与えていた方法を思い出した」

「ああ、あのメガネをかけたエロ魔族。すぐに逃げた臆病者なのです」

触手系ではあるがエロでは……いや、エロだな。触手だし。

ただ、彼の名誉のために言ってくと、勇者プレセア(すばる)が踏み込んできた時点で俺が即時撤退命令を出したのだから臆病者ではない。

生き延びてくれているといいが。

「あいつがやっていた方法ならと一瞬思ったが、無理だ。やめよう」

「説明もなしに諦(あきら)めが早すぎるのです」

「すばるの言う通り、カーネギーはエロ魔族だ。あれのマネをするなんて十代の高校生には許されざることに違いない。どうしてもというなら十八歳を超えてからだ」

「何をしていたというのですか？」

恥じらいとか、警戒とか、そういうのはどこに置いてきたんだ。この残念美少女め。

エロ魔族のやらかすことといえばエロいことに決まってるだろ。

猥談(わいだん)をするには少しばかり日が高いぞ。

「何でもいいのです！　さっさとするのです」

「そうはいってもなぁ……一応説明すると、――を――して」

「ふぇ……？」

「――した上に」

「ふあッ？」

「――するんだぞ？」

「……ッ⁉」

徐々に顔を赤くしながら、目を白黒させるすばる。

ていうか、純朴な男子高校生になんてことを説明させるんだ。

古今東西、こんな恥ずかしい隠語を魔王に連発させた勇者はお前ひとりだぞ。

「この淫欲(いんよく)魔王は聖滅するしかないのです！」

「バカめ、勇者化できないお前なんか怖くもなんともないぞ」

「くっ」

大体、お前がやれといったんじゃないか。

「うう……それしかないのなら背に腹は代えられないのです」

迂闊に悲壮な覚悟をするんじゃないよ……うっかりその気になったらどうする。

自分が今、無防備な状態だって忘れてるな？

本当に、何だって俺をそこまで信用できるんだ、お前は。

「さ、さぁ！　どんとこいなのです」

「……別な手を考えるから少し待ってろ」

ため息をつきながら、俺は思考を回転させるのであった。

＊　＊　＊

紆余曲折ありつつも何とかすばるに魔力を分け与え終えた俺は、ソファの上でふにゃりとなっているすばるの頭をポンポンと撫でて立ち上がる。

「……よし、そのまま少し休んでろよ。落ち着いたら出てくるといい」

「そうさせてもらうのです」

そわそわとしつつ、俺はこの場を立ち去ることにする。

あまり長らくテントに留まっていれば、耀司あたりに怪しまれるかもしれないしな。

「蒼真」

「なんだ？」

「ありがとうなのです。……でも、後でお説教なのです。覚悟するのです」

「勘弁してくれ」

少し元気になったらしいすばるに苦笑を返して、俺はテントを出る。

それをやはり目ざとく発見した耀司が、手招きして俺を呼んだ。

「お、きたきた。日月ちゃんは大丈夫かよ？」

「ああ、軽い貧血みたいなもんだ。すぐによくなる」

「そっか」

俺の返事に笑った耀司は、特に追及することもなく頷いた。

耀司なりに気を遣ってくれたのかもしれない。

「大事じゃなくてよかったぜ。さぁ、蒼真。きりきり働いてもらうぜ？」

「ああ、すまんな。何でも言ってくれ」

促されるまま、調理場へと向かう。

調理場では麻生さんや吉永さんをはじめとする女子勢が、やり切った顔で歓談している。

どうやらバーベキューの準備は終わったらしい。

「へい、シェフ。余り物の食材で適当に一品頼む」

「……って言ったたって、これじゃあ作れるものは限られるぞ」

メインの料理はバーベキューだ。

すでに準備は出来上がっていて、肉やら野菜やらがトレーに並んでいる。

……なんだか見慣れない食材もあるが、見なかったことにしよう。

残った食材は……というか、なぜバーベキューで食材が余ってるんだろう？

あと魚介類がすごい余ってるのは何故だ。

まあ、いいや。

「野菜スティックと、ホイル焼きをいくつか、あとは……ちょっとしたデザートならできそうだ」

俺の言葉に周囲が「おお」とどよめき、耀司は何故かドヤ顔だ。

「何なんだ……？」

「いいか、蒼真。今時の若者っていうのはな、料理ができないんだ」

「今時の若者代表みたいな陽キャが言うと説得力が違うな？」

「アタシらって切るしかできないしねー」

吉永さんがカラカラと笑うと、それに合わせて周囲も笑う。

わりと笑い事じゃない気もするが、俺が役に立てる場面が残っているというのは、素直に喜ぶべきだろうか。

すばるの分も頑張らせてもらおう。

「よし、じゃあこっちの準備はするから、みんなは始めててくれ。日月もじきに戻ってくるだろうし」

これが終わるまで待っていろというのも何なので、先に始めていてもらおう。

あの中に交じって肉の争奪戦というのも、俺の好みじゃないしな。

「オーケー！　じゃあ、お前ら……バーベキュー始めちゃうぜぇ～！」

「おー！」

「イェア！」

肉を焼くだけで盛り上がってしまう陽キャ集団に軽く苦笑しながら、追加料理を仕上げるべく包丁を手に取る。

「よし、やるか」

包丁を握ったところで、すばるが調理場に姿を見せた。

顔色はいい。魔力枯渇からは完全に抜けられたようだ。

そして俺の方を見て、目を見開く。

「お、日月。調子どう……」

「レグナが刃物を持っているのです！」

レグナ言うな。

あと、刃物といっても『全てを屠り滅ぼす魔王剣ガラティン』とかじゃないから、勇者系の殺気を派手に撒き散らすのはやめろ。

「……レグナ？」

「レグナってなんだ……？」

「青天目君って外国の人？」

ほら、こうなる。

一瞬で俺の高校デビューリカバリー計画を見事に破綻させてくれたな！

きたない、さすが勇者きたない。

「あわわわ。蒼真、どうしたらいいのです」

さらに名前呼びで追撃とか、勇者の対魔王性能……高すぎじゃね？

そりゃ負けるわ。

今回は社会的に殺す気かな？　勇者殿？

「え……蒼真？」

「呼び捨て？」

「え、日月さんと青天目君ってそういう……？」

ほら見たことか。もう収拾がつかないぞ……！

このヘッポコ勇者め！

「レグナは遊んでるゲームのアバター名だよ。日月、気をつけてくれよな」

「……!?　ご、ごめんなさいなのです」

咄嗟の誤魔化しだが、意図は汲んでもらえたようだ。

「ほら、みんな。焼き上がるぞ、楽しんできてくれ」

「え、名前呼びはスルーなワケ？」

チィ……ッ！

吉永さんめ、そこは流してくれよ。

「テンパって昔のクセが出たんだろ？　女子に名前呼ばれたのなんて久しぶりだな！　ＨＡＨＡＨＡ」

「フーン、そうなんだ」

「そうなのです」

ニヤニヤとした顔の吉永さんが、上機嫌にこの場を去る。

よし、何とか誤魔化せたか……誤魔化せたよね？

誰か誤魔化せたと言って？

しかし、すばるめ。

マジで勘弁しろよ。ただでさえ、今日はちょっと距離感近くなってるんだからな。

うっかりしたら、俺まで失言する可能性がある。

「日月、説教はこれでトレードオフにしろよ」

「お断りなのです」

おい、その頑固さは何なんだ。

「わたしはすると言ったらする女なのです！」

「男らしいこと言ってるんじゃないよ⁉」

「だいたい細かいことを気にしすぎなのです。魔王のくせに度量が狭いのです」

また誰かが聞いてるかもしれないのにそういうこと言う……。

ほんと迂闊が服を着て歩いてるような奴だよ、お前は。

「何度も言うが、青天目君はちょっと陰キャ気味の普通の男子高校生だ」

「普通の男子高校生は料理などしないのです！」

「偏見がすごいな!?」

味付けを終えた料理を一口、スプーンにすくってすばるの口にねじ込む。

「どうだ？」

「……美味しいのです」

じゃあ何でそんな微妙な顔をしているんだ、お前は。

なんだって俺は口をすべらせたんだ。

「元魔王が料理なんて。こんな時、どんな顔をすればいいのです？」

「笑えばいいと思うよ。……ではなく、一般男子高校生だって料理くらいできる。んでもって、せっかく鎮火したんだから、あまり俺のそばをうろつくんじゃないよ」

ちょいちょいと手で追い払う仕草をすると、一瞬怯（ひる）んだような顔になったすばるは吉永（よしなが）さんたちがいる方へ小走りで去った。

どうにも元勇者殿は不注意が過ぎる。

「おいおい、冷たいじゃないのか？　蒼真（そうま）」

野菜スティックを量産する俺に、耀司が小声で話しかけてくる。

「何がだ？」

「日月（たちもり）ちゃん、ヘコんでたぜ？」

なんだ、あれ……ヘコんだ顔か。

何もヘコむことはあるまいに。

「魔王レグナ待望の青春チャンスなのに、フイにする気かよ？」

「日月とはそんなんじゃないんだよ。ホントに」

普通の高校生としての青春には憧れる。

そりゃ、俺だって浮かれて女の子と遊んだりしてみたい。

さりとて、すばるはダメだ。どうやっても普通にもならないし、それは普通の青春とはきっと違う。

すでに俺たちの関係は徹底的に恋愛とは違ってしまっている。

「そうか？　イイ感じに見えんだけどな」

「それより、相模と河内はどうしたんだ？」

「ああ、あいつら？　普通に帰ってもらったけど？」

ニコリと笑う耀司の顔は、かつての腹心を想起させる悪い顔だ。

普段チャラいくせに、時々妙におっかないところがあるんだよな、コイツ。

「問題なかったらいいんだけどな」

「問題そのものをリムーブしてんだよ」

小さなため息をついた耀司が、俺の肩を軽く叩く。

人間に生まれ変わって良かったと思えることの一つがコイツだなんて、口が裂けても言えやしないが、胸の内で感謝はしておく。

魔王であった時、畏怖や忠誠、恭順あるいは敵意や殺意を向けられることはままあっても、この友情というものはとんと理解できなかった。

人同士が群れるための詭弁だとすら思っていたのだ。

しかし、こうしてみると時に命まで投げうってそれに殉じた者の気持ちが少しわかる気もする。

損得なく、ただ対等にいてくれるということが、これほど心地よいとは思いもしなかった。

「……よし、できた。デザートにとりかかる。こっちのホイル焼きを持っていってくれ。肉と一緒に網にのせときゃいいから」

「おいおい、お前もちゃんと参加しろよ？」

「ここの準備が終わったら、そうするよ。ほれ、主催者。俺にかまけてないで行ってこい」

「おうよ。手伝うことあったら、指示だしヨロってことで」

バーベキューコンロの方に目をやると、わいわい言いながら肉にかぶりつく同級生たちが見える。

すばるも……ちゃんといるな。

よしよし、俺と一緒でコミュ障気味なんだからうまくやれよ。

「な・ば・た・め・君」

「おおう、びっくりした。麻生さん、どうかした？」

振り向くと、クラス委員長の麻生さんが笑顔で立っていた。

「ちゃんと戻ってきたね？」

「強引に連れ戻されたとも言うけどね。気遣いは難しい」

「気遣いというよりも気にしいだよね？」

「なるほど」

自分が些か考えすぎるきらいがあるのはわかっている。

ただ、人間社会というのは思ったよりも複雑怪奇で、元魔王のコミュ障男子はどうしていいかわからなくなってしまうんだよな。

「それより。日月さんとは、どういう関係なのかな？」

「また、それか……」

「今、私に話しておけば、後からみんなに詰め寄られなくて済むよ？」

出来上がった野菜スティックを一つまみして、小さくウィンクする麻生さん。

なかなかチャーミングだ。そうだな、恋愛をするならこういう娘がいいかもしれない。

麻生さん的には迷惑な話だろうけど。

「そうだなぁ。日月は、古い知り合いなんだ」

「幼馴染みってこと？」

「前世で——」

「中二病は中学卒業時に治療しておくべきよ？」

なるほど、神秘と真実はこうして闇に葬られていくのか。

「昔は仲が悪くてね。それこそ殺し合いをするくらいに」

「殺し合いって……大げさね」

大げさも何も実際、殺されてるんですけどね。

「それでそれで？」

「それだけだよ。高校に入って、偶然再会したんだ」

「素敵！　運命的ね」

その運命というヤツは、大抵ロクでもないことをしでかすんだ。

俺とすばるの出会いは、お互いにとって幸運とは言えないだろう。

「それから？」

「お互いに過去の遺恨は忘れて、現在は友人関係を構築中だよ。みんなが思ってるような関係じゃない」

「あんなに仲がいいのに？」

「いいように見える？」

「見えるけど？」

疑問符の投げ合いは不毛だ。

少し黙って料理に集中する。

「私は恋愛に疎（うと）いけど、二人はいい感じに見えるんだけどなぁ」

「勘違いだよ。俺としては麻生さんともっと仲良くしたいね。はい、あがり」

野菜スティックとちょっとしたサラダ、それにヨーグルトとチョコクッキーを使った簡単なデザートをこさえてテーブルに出したところで、余計な口を滑らせたことに気がつく。

「あ……ごめん。ちょっと調子に乗った」

「あはは、びっくりしちゃった。思ったよりも話しやすいね、青天目君って」

少し顔を赤くした麻生さんが、何やら挙動不審な様子で料理を運んでいく。

……やっちまった。

陰キャが無理するもんじゃないな……。

＊　＊　＊

一通りの調理を終え、バーベキューもだいぶ盛り上がってきたところで、俺は少し離れたテーブルベンチに座って一息つく。

ホイル焼きも、デザートも全部向こうに置いてきた。

これで、跳んで火に入る陽キャどもはしばらく食うに困るまい。

……とはいえ、少ししたら今度は片付けが必要だ。

食器類は紙製のものを利用したが、調理器具は早々に片付けておかねば油や焦げで面倒なことになるだろう。

どうにもノリでバーベキューと言ったらしく、おそらく後始末のことはあまり考えていなさそうだ。

料理経験者がいるとはいえ、洗い物はなかなかの量がある。

おそらく途中でグダつくことになるはずだ。

陽キャと書いて無計画と読むんだろか……。

世の中、『ノリ』とやらでは解決できないことだってあるんだぞ？

「蒼真、何をしているのです？」

「休憩中だ」

先ほどからこちらを窺うように付近をちょこちょことしていたすばるが、俺を覗き込む。

顔色はいいし、動きも妙に機敏だ。

よし……どうやら、魔力枯渇の影響はもうなさそうだな。

「これ、持ってきたのです」

「おお、ありがとうな」

隣にすとんと座ったすばるが差し出した紙皿には、肉と野菜がてんこ盛りになっている。

一息ついてから取りに行こうと思っていたが、なかなか気の利くことだ。

やはり『勇者プレセア』と『日月昴』では、少し違うな。

「……みんなのところに行かないのです？」

「陰キャに無理をおっしゃる。それに、これ以上疲れたら後片付けができなさそうだ」

「全部焚火に放り込めばいいのです」

「勇者流の豪快な片付け方はやめよう？」

全てを灰燼に帰すとか、むしろ魔王サイドの言葉だからね？

だいたい、俺のような人見知りがあの輪に入っていくのは難しい。

アライメントが違う……！

「あ、すばる。ナバちゃんと何してんの？」

「ああ、吉永さん。……ってナバちゃん？」

初めて耳にする略称だ。

「青天目だから、ナバちゃん。ソウちゃんのよかった系？」

「勘弁してくれ」

見た目ギャルの吉永さんが、ごく自然に俺の隣に腰を下ろす。

美少女に挟まれて両手に花と喜ぶべきなのだろうが、どうにも落ち着かなさの方が強い。

「どうしたのです？　真理」

「ナバちゃんとちょっと話したくてさー」

「俺と？」

「高校入ってからすばるがずっとナバちゃんの話するから気になって仕方ないんですケド！」

快活に笑う吉永さんが興味津々といった様子で俺を見る。

「真理、それはオフレコなのです！」

「いいじゃんー。それに……全部は話してないっしょ？」

吉永さんが鋭いのか、すばるがヘッポコなのか。

うん、おそらく後者だな。

すばるのことだ。これまでに『力』を見られたのは、一度や二度ではきかないはずだ。

下手をすれば、高校に入ってからの短い期間で、すばるが俺の素性を喋ってしまっている可能性すらある。

「お、両手に花か？　蒼真」

「なになに？　私も聞きたいな」

耀司と麻生さんが、手に手に皿を持ってやってくる。

その全てが、どうやら俺のものであるらしい。

ありがたいことだが食いきれるだろうか。

「いや、前世の話を少々……？」

「なんだよ、またか魔王レグナ」

耀司の茶化す声に、軽く笑ってみせる。

そう、これでいい。

現代日本を生きる俺たちにとって、前世の記憶など笑い話にしかならないのだ。

「そういや、噂では聞いてたけど……蒼真の設定話って真面目に聞いたことねぇな」

「真面目に聞く話じゃないからな。そのうち、ラノベでも書くか」

「うわ、向いてそうで笑う。でも、ナバちゃんて思ってたよりも話しやすいね」

吉永さんが、微妙に距離を詰めてくる。

逃げようと思ったら、何故かすばるまで詰めてきた。

なんだ、この魔王包囲網は。精鋭の王国騎士団でもここまで俺を拘束できなかったぞ。

「おいおい、いたいけな陰キャをからかうと、食後のデザートが減るぞ？」

「んー……アタシ的にはアリ寄りのアリだけどなー」

少しばかり真面目そうな顔で吉永さんが、俺を覗き込む。

あまり顔を近づけないでほしい。恥ずかしい。

「お、わかる？　吉永ちゃん」

「素材は悪くないっしょ。イケメンってかヤサメン？　ちょい安心感みたいな？」

「不愛想で無節操なのです」

すばるめ、ぶった切りやがった。

「そんでさ、すばる。実際どうなのよ？」

「ほぇ？」

「あ、それ私も聞きたいな。幼馴染みなんでしょ？」

麻生さん、その話題はさっき終わったのでは？

俺とすばるとでは別腹なんだろうか。

「きっと、友人にはなれてるはずなのです」

「……友人？」

吉永さんと麻生さんが、虚を衝かれたような不思議な顔をしている。

「でも、すばる。よくナバちゃんの話してるじゃん？」

「そうなのです？　話題に事欠かない男なので仕方ないのです」

知らないところで俺を話題にあげるのはやめよう。

どんな恐ろしい情報が漏洩するかわかったもんじゃない。

「ねぇ、どういう幼馴染みなの？」

「異世界レムシータで、俺は魔王、そして日月は勇者だったんだ」

「青天目君、誤魔化し方が雑よ？」

「あ、はい」

再び真実と神秘が闇に葬られたところでどう説明したものか。

「麻生さん、そこは突っ込まないでおこうぜ？」

「あはは、そうね。それで……二人はお付き合いしてるのかな？」

麻生さんもぶっ込んでくるなぁ。

なんだろう、開放的な雰囲気に酔ってるのか？

「バカを言っちゃいけないな」

そうとも。

これからすばるが『普通の女の子』として過ごすのに、俺はまったくもって不要の存在だ。

間違っても隣に立って、一緒に歩くことなどあってはいけない。

背中を押したり、前を歩いて露払いをすることはあっても、すばるの隣に立つ奴は『普通の男の子』でなくてはすばるの願いは叶わないのだから。

「こんなにかわいいのに？」

「ガワはいいかもしれないが、中身がな……。もう少しお淑(しと)やかで料理ができて胸が大きな眼鏡っ娘(コ)がいい。あとはメイド服が似合えば最高だ」

「そういうところだぞ、魔王レグナ」

「ドン引きなのです……！」

正直に言ってはいけなかったらしい。

いいじゃないか、メイド服。あれは人類が作り上げた至高の芸術品の一つだと思う。

「さて、そろそろ片付けに取り掛かるか。ああ、みんなはまだ楽しんでてくれよ」

「おいおい、蒼真。まだやってるとこだぜ？」

「片付くところから片付けないとキャパオーバーだ。なに、迷惑かけた分は働く。陽キャは陽キャらしくウェイウェイ言ってろ」

「蒼真、お前のオレらに対する偏見は何なんだ……」

これ以上の失言を避けるべく、俺は四人を残してテーブルを後にした。

夜はテントで語らうのがキャンプの醍醐味。


バーベキューもつつがなく終わり、すっかり暗くなってしまったキャンプ場では少人数ごとの数グループに分かれてちょっとした時間を過ごしているようだ。

テントの中で過ごす者もいれば、焚き火を囲む者もいるし、感知範囲内では男女で出歩いている者もいるようだ。

……いかがわしいことはほどほどにな。

ま、これはこれで、なかなかキャンプの醍醐味というやつだろう。

そして、そんな夜に俺のテントを訪れる者がいた。

「蒼真？　いるのです？」

「ああ、いる」

テントの中でスマホアプリをいじりながらまったりと過ごしていた俺は、幻術を解いてすばるを招き入れる。

「……やっぱり快適すぎるのです。テントというより、移動型ワンルームなのです」

「褒めるなよ」

「褒めてないのです」

トコトコと入ってきたすばるが、ソファに腰を下ろす。

「どうした？　夜に男子のテントに行くのは禁止なはずだぞ？」

「少し……ゆっくり蒼真と話がしたかったのです」

「話？」

マグカップに注いだ茶を渡しながら、すばるに向き直る。

「なんてことない話なのです」

マグカップを受け取ったすばるが、少し目を細めて俺に顔を向ける。

「勇者と、魔王の話なのです」

「それは、もういいんじゃないのか？」

「頭ではわかっているのです。もう終わったことだと、『日月昴』には関係のないことだと理解はしているのです。それでも、スッキリさせたいことが、あるのです」

湯気の立つ茶をすすりながら、すばるがとつとつと話す。

「それに、いままで相談する相手もいなかったのです」

「そりゃな。それで、何が引っかかってるんだ？」

「どうして、『あの時』……手を抜いたのです？」

迷いと不安が入り混じった、しかして真剣な眼差しが俺に向けられる。

「手を抜いたわけじゃない。ただ、少しばかり諦めが早かっただけだ」

魔王として過不足なく戦った自負はある。

役割として……そう、魔王として勇者と相対した。

いや、言い訳はよくないな。

俺は、『勇者プレセア』と戦いたくなかった。

摂理として、あるいは道具として運用される勇者がとても不憫でならなかった。

勇者として生まれ、勇者として育てられ、ただ俺を殺すためだけに何もかもを犠牲にした人生を送り、歪んだ価値観と狭量な正義だけを刷り込まれた少女。

気遣いも、友情も、恋も、愛も知らぬまま〝ただ人類救済のために魔王を討つ〟ことだけを教えられ、それだけが自分の存在意義だと誤認したまま俺の前に立ったこの少女を、俺は救いたかったのだ。

一人の人間として、生きていいのだと伝えたかった。

ただの少女のように振る舞い、笑い、血と戦いから離れ、好いた男と共に眠る生き方もあるのだと、示したかった。

俺と同じだと思ったから。

ただ、機能するためだけに生まれ、その機能を全うするためだけに生きる。

世界を管理する大きな歯車の一つとして、世界の安定と引き換えに怨嗟を引き受ける魔王というパーツ。

立場が違うだけで、俺たちはまるで似ていた。

だからこそ、俺は彼女の仕事を全うさせてやりたかった。

かといって、自分の役割を放棄するわけにもいかなかったから、俺は彼女と戦い……相討ったその瞬間に命を手放した。

「蒼真?」

少しばかり思考に没入しすぎていたらしい。

気がつくと、すばるの少しひんやりした手が頬に触れていた。

「すまない。ちょっと昔を思い出していた」

「聞いては、いけなかったのです?」

「いいや、構わないさ。俺にしたって、レムシータの話をできるのはすばるだけだしな」

いろいろと話したいことはあった。

あの時伝えられなかったこと、死の間際の願い、今生で再会してからのこと。

……だが、それらは胸に秘しておくべきことだろう。

なぜならそれは『普通』とは程遠い。

この元勇者は『普通の女の子』として人生を過ごそうとしている。

高校生となり、友人とバーベキューを楽しみ、そのうちきっと恋もするんだろう。

ならば、俺のできることは、こいつをできるだけ前世から遠ざけてやることだけだ。

「蒼真は、やりたいこととかないのです?」

「俺か?　俺はそうだな……普通に生きるさ」

「目標は普通の男の子なのです？」

「バカを言うな、俺は今だってごく普通だ。ゲームとラノベが大好きなちょっと陰キャ気味の男子高校生だろ？」

俺の言葉に、ようやくすばるが笑顔を覗かせる。

「雑な擬態なのです。それとも本性なのです？」

「さぁな。人で在ることなんて初めての経験だ。よくわからないな……」

思わず本音が漏れる。

魔王であったころはもっとシンプルだった気がする。

ただ素直にパーツとしての役割を果たすだけが、生きるということだった。

「だから高校生活を満喫すると心に誓ったんだ……！」

「高校デビューなのです？」

「失敗したけどな！」

機嫌よさげに笑うすばるが、俺の髪をつまみ上げる。

その仕草に、思わずどきりと胸が跳ねてしまった。

いくらなんでも、気安すぎやしないだろうか？

キャンプの夜に、少し気が緩んでるのかもしれないな。

「ならもう少し外見に気を遣ったらいいのです。髪も少し切って整えて、カラーリングでもして印象を変えたらどうなのです？」

るのか。

なるほど、こんな外見になれば「ウェーイ」などと特に意味のない掛け声を発しても許され

すばるに苦笑しつつ、耀司風に髪を整えた自分を想像する。

「まったくもって強情なのです」

「キャラじゃないな」

うん、確かに、雰囲気的に許されそうな気はする。

「そういえば、蒼真」

「ん？」

すばるに請われるまま、俺は話に応じる。

白状しよう、心安らぐ時間だと。こうして、すばると語り合うことができたのは、前世で俺が必要以上に頑張ったからに違いない。

「……だったのです。蒼真？　聞いているのです？」

「聞いている。それで？」

夜半まで語り合い……話し疲れた俺たちは、いつの間にかお互いの肩にもたれたまま夢の世界へと転がっていった。

これで意外と勉強はきちんとするタイプなんだ。


いろいろあったキャンプ企画が無事終わり、そしてゴールデンウィークも終わったその翌週。

だらだらと通学する俺を、何者かが背後から呼ぶ。

「蒼真（そうま）！　おはようなのです」

「おはようさん」

朝からテンション高めのすばる。

それに対してふらふらと歩く俺。

昨日、気晴らしのつもりで開いた小説サイトで好みのものを発見してしまい……うっかり朝まで読みふけってしまった。

「体調不良なのです？」

「徹夜明けなんだよ」

「テスト期間中とはいえ徹夜はいけないのです。そんなに残念な学力なのです？」

「そこそこにはいい――いざとなれば〈解答暴露（リドルブレイク）〉の魔法もあるしな」

〈解答暴露（リドルブレイク）〉は口頭以外の問いかけに対して正しい答えを発見させる魔法だ。

本来はパスワードが設定された魔法の箱を開けたり、封印が施（ほどこ）された扉を突破するのに使う魔法である。

……というか、こんな魔法があるから神々はスフィンクスなんて魔法の獣を創り出す羽目になったわけだが。

「ズルなのです……！」

「持てる力を発揮して試験に当たるのはズルではないだろう」

「その発想が魔王なのです。正々堂々と学力で勝負するのです！」

「別にそれでも余裕なんだけどな」

益体（やくたい）のない言い争いをしながら、高校へ向かう。

キャンプ以降、すばるはさらに俺に気安くなってしまった。

正直言って、嬉しいという気持ちはある。

……が、あまりいい傾向ではないな。

「蒼真、今日は何か予定があるのです？」

「どうした？　何か用事か？」

「テスト明けを祝って、二人で打ち上げなどどうかと思ったのですが……」

これだよ。

前世のことを気兼ねなく話せるのが楽しいというのはよくわかる。

あのキャンプの晩……俺だって、すばると寝落ちするまで昔話に花を咲かせたのだから。

だが、必要以上に俺と関わりすぎるべきではない。

……それをはっきり口にすることが、どうにも憚られるのは俺がヘタレだということに他ならないのだろうが。

「吉永さんと行ってこいよ。俺はバイトと教習所がある」

がっかりとした様子を隠そうともしないすばるに心苦しい思いを抱くが、距離感は重要だ。

「むぅ……わかったのです。では、テスト最終日、お互い頑張るのです」

「ああ。またな」

早足で校門に消えるすばるを見送って、小さくため息をつく。

その俺の肩を、誰かがポンと叩いた。

「おいおい、ドライすぎんだろ。もうちょっと優しくしてやれよ、カレシ」

「誰が彼氏だ。いい加減にしないと、テスト中に腹痛になる呪いをかけるぞ」

「テントの中で一夜を共にしたのにかよ？」

「な……ッ」

誰にも見られていないと思ったのに、よりにもよって耀司に目撃されるとは。

仕方ない、テスト前だが魔法を使って頭をクチュクチュさせてもらうか。

「期待されるようなことは何もなかったぞ。昔の話をしただけだ」

「それはそれで問題だろ。あんな美少女と一晩だぞ？　あの開放的なシチュエーションで何もねぇとか……魔王レグナは高校生としての自覚足りないんじゃね？」

全国の高校生に謝れ。

みんなお前みたいに脳みそが下半身と直結してるわけじゃないんだぞ。

「これだから魔王レグナは……」

「よし、耀司。テストは諦めろ」

腹痛の魔法を耀司に飛ばしてやって、俺は話を切り上げた。

＊　＊　＊

「よし、終わった」

「ああ……終わった……何もかも……」

テスト中、何度もトイレに立っていた耀司が机に突っ伏している。

周囲にも似たような影がちらほら。

ちなみに俺は、結局魔法を使わずにテストを終えた。

「手ごたえはどうだ、耀司」

「暖簾に喉越し？」

「腕を押せよ……。まぁ、結果は見えてるな」

「うるせぇ。まあ、いいや！　さぁ、来週はウニバーサルだ！」

切り替えの早い奴だ。

まぁ、ノリで生きてる人間は、テスト結果になどクヨクヨしていられないのだろう。

耀司のテンションにつられたのか、教室がざわつき始める。

平日にウニバーサル・スタジオで遊べるというのは、意外と反響が大きかったようですばるの選択は好意的に受け入れられたようだ。

しかも、課外活動なので入園料は学校側が負担してくれる。

なかなかの大盤振る舞いと言えるだろう。

「D組の沢木（さわき）さんと一緒に回る約束してんだよ。ウニバーサルとはいいチョイスだぜ、蒼真」

「リア充め、爆発するがいい」

「お前も日月（たちもり）ちゃんと回ればいいだろ」

何でそうなる。

「そういうのじゃないって何度も説明したろ。それに日月は吉永さんと回るって言ってたぞ？」

「蒼真はどうすんだ？」

「ソロだ。最効率で人気アトラクションを制覇する……！」

ウニバーサル・スタジオは広大だ。

平日とはいえ、海外からの観光やゴールデンウィークの振り替えで遊びに来る客も多い。

それ故（ゆえ）に俺は、綿密な計画を立てて、めぼしいアトラクションを効率よく楽しむつもりだ。

事前に調べたところ、『ソロ用ゲート』というのもあるらしい。

群れる陽キャどものニッチをついて、俺は初めてのウニバーサルを思う存分遊び尽くしてくれるわ！　ハハハハ！

……お、今のはなかなか魔王っぽかったな。

「そういうところだぞ、魔王レグナ。女子を誘って、とかないのかよ？」

「バカめ。楽しいレクリエーションに俺が紛（まぎ）れたところで異物感しかないだろ。それに、女子と一緒とか緊張してウニバーサルが楽しめなかったらどうする！」

「DTか！」

「DTの何が悪い！」

周囲がざわつく。

これは……やらかしたか……？

「くっ、殺せ！」

「何でだよ」

周囲からは憐憫（れんびん）半分、笑い半分といった視線が向けられている。

くそ……耀司のヤツに嵌（は）められた！

当日、ずっと背中が痒（かゆ）くなる呪いをかけてやる……！

あ、ダメだ。

普通に女子に掻いてもらったりしそう、コイツ。

一日中ヘンな匂いが漂う呪いにしよう。

ウニバーサルでデートなんてうらやまけしからんしな。

「とにかく、俺はソロだ。いいね？」

「あっ、ハイ」

笑いをこらえるのに必死な耀司を置いて、俺はテスト終了後の教室を後にした。

逃した魚はでかいけど、すり抜けた魚もまたでかい。

五月半ば。

ありがたいことに天気は晴れ。気温もまずまずだ。

日本最大級の映画系テーマパーク『ウニバーサル・スタジオ』。

その入場ゲート前は、西門高校の制服姿の人間でごった返している。

……まぁ、昨日楽しみすぎて〈天候操作〉の魔法を使ったんだが。

すばるにはヒミツな？

またズルだのなんだのと言われてはかなわんのでな。

「おう、蒼真」

「耀司か、おはよう」

制服を着崩した、実にチャラ男然とした耀司が軽い様子で俺に挨拶してくる。

「んで、マジでソロんの？」

「まぁな」

「高校デビューはどうしたんだよ？」

「最近気がついたんだが……実は俺、陽キャに交じると死ぬ病なんだと思う」

「いや、奇病すぎんだろ」

少しばかり話してると、見知らぬ女子生徒が耀司を呼んだ。

彼女が例の沢木さんとやらか。スラっとしていて、可愛いというよりも美人な女子だな。

まったくもって羨ましいことだ、この女誑しめ。

ウォータースライダーで必要以上にびしょ濡れになる呪いをかけてやる。

「んじゃ、また後でな！」

「おうよ」

女子と腕を組んで去る耀司に軽く手を振って、くるりと周囲を見る。

ほとんどがグループで回るようだ。

中には、耀司のようにカップルで回るそぶりを見せる者たちもいる。

妬ましくなんかないんだからね！

……などと、開園を待ってぼんやりしている俺を、聞き慣れた声が呼んだ。

「蒼真！」

「青天目な。どうした日月？　吉永さんは一緒じゃないのか？」

「急用で休むそうなのです。それで、良かったらなのですけど一緒に——……」

「青天目君」

すばるの言葉が終わる前に、またも誰かに背後から声を掛けられた。

俺の背後をとるとはなかなかの手練れと見える。

「あれ、麻生さん？」

振り返ると麻生さんが、立っていた。

今日も眼鏡にさらさらのストレートヘアがバッチリ決まっていて実にステキだ。

いや、ちょっといつもよりふんわりした雰囲気か？

「どうかした？　出席点呼ならさっき済ませたけど」

「ううん、そうじゃなくて。よかったら、今日……一緒に回ってくれないかな？」

「はい？」

まさかと思うが、麻生さんもあぶれたのだろうか。

いや、俺はあぶれたわけじゃない。狙って一人でいるんだ。

いいね？

しかし、麻生さんをハブるなんて、クラスの連中は何をしているんだ。

……いや、待てよ？

「それなら、日月と二人で回ったらどうだ？　知らない仲でもあるまいし、女子同士の方が楽しめるだろ？」

我ながら妙案とドヤったが、すばるも麻生さんも微妙な顔をして俺を見た。

さて、何か変なことでも言っただろうか？

「違うの、青天目君。私は青天目君と一緒に回りたくて誘ってるのよ？」

「俺と？」

俺を誘ってどうしようってんだ、麻生さんは。

ウニバーサルの超効率的周回に興味でもあるんだろうか？

「どう、かな？」

少しもじもじとした麻生さんが大変可愛い。

これはデートのお誘いと言っても過言ではないのでは？

ついに……ついに、俺にも高校生らしい青春イベントがきた！


……が、ちょっとばかりタイミングが悪かった。


後ろ手に【念動力】を発動させて、こっそりと立ち去ろうとするすばるを足止めする。

「わるい、麻生さん。先約があるんだ」

「うん……そっか。じゃ、またね？」

困ったように笑った麻生さんが、小走りで人混みに消える。

さようなら、俺の青春フラグ。

次はなんのトラブルもない時に訪れてくれ……。

「そ、蒼真！　早く追いかけるのです！」

「いいんだよ。ほら、開園だ。最高効率でウニバーサルを楽しむんだからな、俺は。へバるなよ」

吉永さんがいないなら、俺がすばるのフォローに回るしかあるまい。

何か恐ろしいポカをやらかさないとも限らないし、こいつは無自覚に目立つ。

世界全国津々浦々から老若男女善人悪人問わずに人が集まる場所だ。

一人で放り出せばトラブルになる可能性は高い。

……いや、絶対なる。

麻生さんとウニバーサルを回るというのはデートみたいで楽しかったろうが、この状況では、どうせ気になって楽しめやしなかった。

それに実際のところは耀司あたりが気を回して、麻生さんに俺のぼっち回避を頼んだというのが真実に違いない。

まったく、委員長は人が好すぎる。

……はぁ、それでも麻生さんと二人っきりは惜しいことをしたか。

ま、落ち込んでいても仕方ないだろう。

ま、すばると二人も悪くはない。なんだかんだと、こいつはこいつで気楽ではあるしな。

よく考えたら耀司の次くらいに友達してるんじゃないだろうか？

「どうしたのです？」

「いいや、すばると二人も悪くないと思っただけだ」

俺の言葉に、すばるが不思議そうな顔をする。

「なんだ?」

「名前を呼ばれたのです」

「もう周りにウチの生徒はいないしな。気楽にいこう」

「……はいないのです」

満面の笑みですばるが頷く。

良き良き。そのようにしていれば、まっとうな美少女なように見える。

「さて、まずは最奥へ向かうぞ」

「手前ではないのです?」

「そこが狙い目だ。無計画に手前のアトラクションを物色している連中をぶっこ抜いて、一番奥の『タランチュラマン』ライドから攻める。そうすれば『ダイナソースプラッシュ』、『サメクルーズ』にスムーズに乗り込めるはずだ。予定通りに行けば『ワールドオブウォーター』の午前の部のショーが見れるだろう」

早口に地図を指してみせる俺を、すばるがげんなりした顔で見上げてくる。

「これを一人で行くつもりだったのです?」

「そうだが?」

「ドン引きなのです……」

あれ？

すばる、どうしてそんな目で俺を見るんだ？

完璧でパーフェクトなプランだというのに。

「まったくダメなのです。蒼真はわかってないのです」

「何がだ？」

首をかしげる俺の手を、すばるが引っ張る。

目指す先は、テーマパーク特有の妙に高いスナックを販売する露店。

チュロスが食べたいのか？　すばる。

「お、おい……」

「今日一日、蒼真は魔法もスキルも禁止なのです」

「なん、だ……と……!?」

「代わりに私も使わないのです」

「ふむ？」

チュロスを一つ俺に差し出して、すばるが笑う。

「蒼真のプランはダメダメなのです。普通の女子ならドン引き&ドン引きなのです！」

「バカな……ッ　完璧なプランだろう!?」

やれやれといった様子で、すばるが首を左右に振る。

俺のウニバーサルを完璧に遊び尽くすプランにどんな瑕疵（ミス）があるというんだ。

「デートをするのです」

「誰と？」

「わたしとなのです」

目の前の残念美少女が、ついに壊れた。

原因はたぶん、はしゃぎすぎだと思う。

馬鹿を治すのに治癒魔法は有効だろうか？

「普通の高校生として……今日一日ウニバーサル・デートを敢行するのです！」

「……お前とデートしてどうする」

「わたしとのデートが不服なのです？」

にわかに眉を吊り上げるすばる。

「いや、そうじゃないが……」

何を意固地になっている。

だが、まあ……ありといえばありか。

悪くないとは思う。

その体を装っていれば、ナンパなどされないだろうから、一般人をすばるの脅威から守れるし、こいつ自身のフォローもしやすい。

何かすばるがやらかしたとして、いざとなれば幻惑の魔法か何かで記憶を曖昧にしてしまえばいい。

俺の返事に、不思議そうな顔を俺に向けるすばる。

「どうした？」

「素直なのです」

「俺はいつだって素直だ。それで？　これからどうする？」

「それを寄越すのです」

俺の綿密な計画が書かれたスタジオマップをひったくったすばるが、それを近くのごみ箱に丸めて放り入れた。

「なんとぉーっ!?」

「はい、これなのです」

代わりに、新たなスタジオマップを俺に手渡すすばる。

「では、二人で行き先を決めるのです」

「さっきのでいいんじゃないか？」

「あれはタイパ重視すぎるのです。いいのです？　蒼真。デートとは……」

指を俺の鼻先に突きつけて、すばるがキリリとする。

「独りよがりではいけないのです」

「おいおい、驚かせるなよ。元ぼっち勇者の自己紹介かと思ったわ」

「と、とにかく！　行きたい場所を二人で決めるのです！」

「わかったわかった。それで、すばるはどれに乗りたいんだ」

平日の待ち時間のデータは頭に入っている。

計画表がなくとも、ある程度のコントロールはできるはずだ。

「この『プテラノドーン・パノラマ・コースター』に乗ってみたいのです。本場アメリカから来た360度超危険コースターらしいのです！」

なんだ、その不穏なワードの羅列は！

「ジェ、ジェットコースターか……ッ」

「どうかしたのです？」

「いいや？　意外に思っただけだ。一発目にこれか？」

「なのです」　実は苦手なんだよな……ジェットコースター。

レグナに目覚める前から苦手にしてて、小学生の頃に一回乗ったっきり、敬遠しているアトラクションだ。

まぁ、俺もでかくなったし、いざとなれば魔法で姿勢制御もできる。

俺のプランには最初から入ってなかったアトラクションだが、今日は家族サービスのお父さんが如く、すばるに付き合ってやるとしよう。

「Dエリアだな。こっちだ」

スタジオ内の道はカラフルな舗装で色分けされていて、目的地に迷わず向かえるようになっている。

ちなみに、目的地であるDエリアへはそこそこに歩く。

まぁ、このチュロスを食べきるにはちょうどいいか。

せっかくなので、ゆっくりパーク内を見ながらうろうろするのも悪くないだろう。

「待つのです、蒼真」

「どうした？」

振り返ると、すばるが手を差し出していた。

「……ッ！　チュロス代か……！」

「違うのです。このボンクラ魔王は、頭にクソ虫が詰まってるのです？」

女の子がクソ虫とか言わない。

あと、俺はボンクラ魔王じゃないぞ。

「じゃあ、なんだ？」

「デートなのです」

「らしいな？」

すばるの視線が、ちらりと周囲を泳ぐ。

釣られて見ると、なるほど。言いたいことはわかった。

「……無理をおっしゃる」

周囲の男女の多くは手を繋ぐか、腕を組むかしている。

まぁ、仲睦(なかむつ)まじいことで結構なことだ。

愚かな人間どもめ……身体的な距離感が精神的な距離感も縮めるなどという幻想でも持っているのだろう。

「胡乱(うろん)なことを考えているのです」

【爆発(エクスプロージョン)しろ】でも放ってやろうか、リア充どもめ……！

「いいか、すばる。あれは精神的な——……」

「講釈はいいのです。それともわたしと手を繋ぐのは嫌なのです？」

おい、やめろ。

怒ってるならともかくションボリするな。

その顔は卑怯(ひきょう)だぞ！

「わかった、わかったから」

「わかればいいのです」

差し出された手を取って、ゆるく繋ぐ。

柔らかな手の感触と少しひんやりした温感が、すばるの存在感をぐっと際立(きわだ)たせた。

……ああ、見ろ。これだから嫌なんだよ。

今の俺は、高校生の俺か？

それとも、魔王レグナか？

どちらにせよ、いつもこうやって突然に詰められる距離感に、毎度毎度戸惑(とまど)うしかない。

何とも情けない話だ。

大体お前な……自分からせがんでおいて、恥ずかしそうにするんじゃないよ。

それに、スタジオ内には西門高校の同級生もいる。

これを見て、みんなはどう思うだろうか？

どう誤魔化したもんかな……。

「蒼真？」

「ん？」

「やっぱり、嫌だったのです？」

「嫌なわけないだろ」

口からするっと、考えもなしに言葉が出た。

それが、あまりに自然すぎて……不安なくらいにすとんと腑に落ちた。

ああ……これが、俺の素直な気持ちか。

嫌なわけがない。

勇者プレセアが『普通の女の子』として、ここにいる。

殺気もなく、覚悟した目もなく、穏やかに、楽しげに、手を繋いで魔王レグナとデートしようなどと笑う。

この瞬間に、かつての俺が望んだ全てがある。

こんなにうれしいことなんて、他にあるものか。

「大丈夫なのです？」

「ああ、すまん。ちょっと考え事だ」

小さく笑って、繋いだ手を少し弄ぶ。

「どうしたのです？　少し、変なのです。無理をさせたのです？」

「違う。興が乗った。今日一日よろしくな、すばる。楽しいデートにしよう」

不思議そうな顔をしたすばるが、ほんのりと顔を赤くする。

「どうした？」

「な、なんでもないのです！」

「そうか？」

歩調を合わせて歩く。

すばるの歩幅は思ったよりも狭い。

【縮地】を使って数メートルを一足飛びで詰めるというのに、一歩一歩はこんなに小さいのだ。

これが、普通ってことに違いなくて、驚くほど意外だった。

すばると二人、まるで親しい者同士のように手を繋いで歩く。

たったそれだけのことが、ひどく楽しかった。

ラブコメってことを忘れなければ普通。

――数十分後。

「だらしがないのです」

「面目ない」

俺はすっかりぐったりとなって、ベンチでうなだれている。

たかだか機械仕掛けのアトラクションなどと舐めていた。

まさか『360度パノラマ・ハイスピードコースター』がこれほどのものとは、完全に予想外だったのだ。

設計者が何を思ったか不明だが、どう考えても人間に耐えられるモノではない。

宇宙飛行士でも訓練するつもりだろうか？

まあ、すばるは奇妙な声を上げながら楽しんでいたようだが。

これが楽しめるから〈転移〉にああも早く慣れることができたのかもしれない。

転移失敗を連続でやられたような恐ろしい体験だった。

魔法とか目じゃない恐ろしさを味わうとは、本場アメリカは常軌を逸したスリルに満ちているらしい。

「大丈夫なのです？」

「すまん、少しだけ休ませてくれ。いや、治癒魔法を使うか」

「ダメなのです。今日は魔法禁止なのです」

「ぐ……」

ふにゃりとしていると、すばるが膝の上をぽんぽんと叩いた。

「少し横になっているのです」

「おいおい……」

「遠慮することないのです。デートではよくあることなのです」

「それはどこ情報だ？　俺の知ってる限りでは、こってこてのラブコメでしか見ないような展開だが？」

「では問題ないのです」

「……確かに」

納得するしかない。

まあ、せっかくなのでお言葉に甘えさせてもらおう。

これで二度目とはいえ、きっとこの先、女子に膝枕される機会などそう何度もない。

……もう二度とない可能性の方が高いくらいに。

「じゃあ、お邪魔します」

「どうぞなのです」

後頭部にふわりとした感触が触れて、一息つく。

視界には青空と、すばるの顔……を若干隠す、胸。

意外と距離が近くて、目のやり場に困る。

「魔王レグナがジェットコースターに弱いとは意外だったのです」

「俺は繊細なんだよ。あんなにくるくると振り回されたら参ってしまう」

「〈転移〉の方がひどいのです」

「魔法で姿勢制御をするからな、あれは」

すばるが小さく首をかしげる。

「ジェットコースターではしなかったのです？」

「魔法を使うなと言ったのはお前だろうに」

俺の言葉に、すばるが意外そうな顔をした後、クスクスと笑う。

そして、俺の頭を撫でながらふわりと笑みを浮かべた。

「律儀なのですね、蒼真は」

「笑うことはないだろう」

すばるが普通でいることを俺が邪魔してはいけない。

『ただの高校生として』いるためなら、このダウンも甘んじて受け入れるとも。

しばし、歓談しつつも体を休めると気力が戻ってきた。

揺さ振られた三半規管が落ち着きを取り戻したようだ。

「さて、気力も戻ってきたし次に行くか」

「はいなのです。蒼真のおすすめはどれなのです？」

「ここから近いのは、『ダイナソースプラッシュ』だな。あれだ」

すばる膝の上から頭を上げて、小さく振り返って示す。

その先には人工の山と、そこから流れる巨大な滝と……その滝を急降下するボートが見えた。

魔法制御でコントロールできない分、あれも鬼門になりそうだな。

「ＴＶＣＭで見たことがあるのです！」

「このスタジオの目玉アトラクションの一つだしな」

「ではあれに乗るのです」

プランも何もあったものじゃないが、なるほど……こうして振り回されたりするのもデートの醍醐味なのか？

何だろう、思ったより楽しい。

「オーケー、行こうか。荷物はこのままロッカーに預けておこう」

「はいなのです。映画はわたしも観たので、楽しみなのです」

＊　＊　＊

思うままに、勢いのままにいくつかのアトラクションを回る。

魔法を使わないというのは、なんだか逆に新鮮な気持ちだった。

『ダイナソースプラッシュ』では大量の水を浴び、『ファイアーマン』では炎の熱を肌で感じ、『サメクルーズ』ではビビッたすばるに抱き着かれたりした。

『普通』っていうのは、思いのほか面白い。

もしかすると、俺は魔法が使えることで少しばかり損をしていたのではないだろうか。

「楽しかったのです。『サメクルーズ』はまた乗ってみたいのです」

「あれ、三コースあるらしいぞ」

「別のコースも行ってみたいのです！」

あのやけにテンション高めのスタッフもルートによってセリフが変わるのだろうか？

俺も少し気になる。

小休止で、ベンチに座っているとスマホが鳴った。

《おう、蒼真。どうよ》

《そこそこに楽しんでるよ。そっちはうまくいってるか？》

《問題ナッス。んで、そろそろ昼だけどよ、どうする？》

《どうするって、俺は適当に済ませるつもりだけど？》

骨付き肉やリング状になったポテトなど、各エリアに特色ある料理が売りものの屋台やレストランがある。
せっかくすばるも一緒にいるのだし、昼飯くらいは奢ってやってもいい。
それが男の甲斐性ってやつだと見た。ネットで。
『AquaLion』でスマートに奢ってくれた牧野兄がカッコ良く見えたのだから、あながち間違いというわけではないだろう。
《そうか。あと、すげー量の目撃情報があるんだけどよ、日月ちゃん一緒なのか？》
《ああ。吉永さんが今日いないらしくてな》
お守だ……というセリフを済んでのところで飲み込む。
横で暇そうにしているすばるに聞かれでもしたら面倒だし。
しかし、目撃されるのは仕方ないとして、その情報が耀司に寄せられてるってのはどういうことなんだ。
《D組の子と一緒だろ？　俺のことはいいから楽しめよ》
《お互いにな。チューくらいしろよ？　いい雰囲気になったらガーッといけ！　それと――……》
何か言おうとしていたが、通話終了のボタンをさくっと押す。
なぜ俺がすばると『チュー』せねばならんのだ。淫陽キャめ、やはり呪いをかけておくべきだったな。
「どうしたのです？」

「ああ、耀司からだった。昼飯、どうする？　何か食べたいのあるか？」

「……えーと、その、何が……あるのです？」

なんだ、この挙動不審さは。

「そうだな。骨付き肉が食べられるレストランか、さっきのサメクルーズがコンセプトになっているカフェもある」

俺の返事と同時に、すばるのスマホからＬＩＮＩＡの着信音が鳴った。

「クラスメートからか？」

「……真理からだったのです」

挙動不審なままスマホを仕舞い込んだすばるが、妙にそわついている。

もしかしてお手洗いを探していたりするんだろうか？

「そ、蒼真。レストランは、いいのです」

「腹減ってないのか？」

まぁ、チュロス食ったしな。

「そうではなく……お弁当を持参しているのです」

「あれ、料理できないんじゃなかったのか？」

「そんなことはないのです」

食べ専とかって言ってた気がしたが。

記憶違いだったのだろうか。

「じ、実は、真理の分も作ってきたのですが……良かったら、どうなのです？」

「俺が食っていいのか？」

「食べないともったいないのです」

確かに、作った弁当をそのまま持って帰るというのは少しばかり虚しい。

俺も弁当を詰めることがあるので気持ちはわかる。

「じゃあ、ご相伴に与ろうかな」

「じ……じゃあ、荷物をとってくるのです」

妙に浮き足立った様子で立ち上がり、高速でDエリアのロッカーへ駆けていくすばる。

おいおい、転ぶなよ？　道がヘコんだら大変だからな。

「しかし……」

これは、なかなかない経験だな。

客観的に見れば、一生の思い出レベルの幸運ではないだろうか。

美少女との制服デートに手作り弁当。

うん、ラブコメの主人公らしい、実にありきたりで悪逆な状況だ。

「ただいまなのです」

「おかえり。荷物、持つか？」

「……？　急にどうしたのです？　気味が悪いのです」

ちょっと配役らしいことをしようとすればこれだよ。

まあ、役者として不足なのは仕方あるまい。

今後、俺よりも気遣(きづか)い上手な男がすばるをリードしてくれることを期待しよう。

「せっかくなので、お任せするのです」

「はいはい」

すばるが差し出した少し大きめのトートバッグを肩にかけて、テーブルベンチが設置されている広場へと足を向ける。

広場はお昼時ということもあって、それなりに込み合っていたがまだまだ空席があり、その一つに俺たちは腰を落ち着けた。

周囲にはちらほらと西門(さいもん)高校の制服姿も見かけるが、もう耀司にあれだけ目撃情報が上がってるなら、いまさら人目を憚(はばか)ったところで焼け石に水だろう。

いざとなれば、週明けに魔法で記憶をちょいちょいと改竄(かいざん)してしまえばいい。

「む、胡乱(うろん)なことを考えている目なのです」

何故ばれた。

最近ちょっと鋭いぞ、すばる。

「それよりも、はいなのです」

差し出された青い弁当包みを受け取る。

結構、大きい。

吉永さんは結構食べる方なんだろうか。

お弁当だった。

「おお、すごいな」

　青い包みを解いて、やはり少し大きめな弁当箱を開くと、なかなかどうして良くできている
　一口サイズのおにぎり、出汁巻き卵にタコさんウィナー、具沢山な彩りのポテトサラダ、ハムの巻かれた野菜スティック……オーソドックスながらどれも美味しそうだ。

「そ、そうなのです？　ヘンではないのです？」

「いやいや、大したもんだ。料理できないと思っていたが、すごいじゃないか。バーベキューの時も手伝えばよかったんじゃないか？」

「う……わたしにもいろいろあるのです！」

　いろいろあるなら仕方ないな。

「召し上がれなのです」

「いただきます」

　手を合わせて、箸をとる。

　ふと見ると、随分小さめの弁当箱を広げたすばるが、何かを窺うようにこちらをチラチラと見ていた。

「どうした？」

「何でもないのです」

　こういう挙動不審な態度をとるときは「なんでもない」ってことはないのだろうが、この頑

固な元勇者は問いただしたところで、どうせそれを口にしない。

ま、放っておけば後でぼろを出す。

それまでは、そっとしておこう。

出汁巻き卵を一つつまんで、口に放り込む。

少し塩味が濃い気もするが、これはこれでなかなかにうまい。

「どう、なのです？」

「うまいよ。すばるは料理上手だな」

俺の答えに表情を緩ませるすばる。

なんだ、もしかして味のことを気にしていたのか？

「味見はしたんだろ？」

「何度もしているうちにわからなくなったのです」

「料理あるあるだな」

「そうなのです？」

「そうなのです」

向かい合って話しながら、弁当を食べる。

「午後からは反対側のエリアに行くか」

「なのです。『タランチュラマン』ライドに行ってみたいのです」

「よし来た」

　マップを広げてルートを確認する。

「途中で『ヘンリー・ペッター』エリアのそばを通るけど、少し見ていくのはどうだ」

「賛成なのです！　魔法の杖が欲しいのです」

　杖などなくとも魔法が使える俺たちに、それは必要だろうか？

「そういえば、あの映画の魔法……どのくらい再現できる？」

「どれも難しいのです。武装解除の魔法なんて意味がわからないのです」

「だよな。この世界の人間の『魔法』ってのは夢が詰まってていい」

「はっ！　もしかして箒に乗れば〈高速飛行〉を使ってもいいのです？」

「ダメに決まってるだろ」

　弁当箱を仕舞って俺は苦笑する。

「うまかった。ご馳走様」

「本当に美味しかったのです？」

「ああ。文句なしだ。この調子ならいいお嫁さんになれるぞ」

　軽口に一瞬虚を衝かれた顔になったすばるが、少し赤くなった顔を逸らす。

「女が料理担当なんて考え方が古いのです！」

　なにも怒らなくたっていいじゃないか。

　いずれ現れるだろう、この料理が毎日食べられる奴……ってのが、ちょっと羨ましくなっただけだ。

うっかり名前で呼んじまったよ。

イベントらしいイベントもおおかた終わり、六月に入って数日がたった。

空は曇りがちだが、教室の雰囲気はいつもとそう変わらず明るい。

俺はというと、クラスメートとはそれなりにいい距離感を保ちながら、いつも通りに陰キャライフを満喫していた。

高校デビューなんてなかった。だが、特に虐げられるわけでもなく自分を偽ることも特にしなくていいこの状況は、それほど悪くない。

「よっ、蒼真」

「耀司、どうした?」

放課後、怪しい空模様に帰りを急ぐクラスメートを尻目に耀司が声をかけてきた。

長めだった髪は「バージョンアップ」と称して今は短めで、落ち着いたカラーリングになっている。

「最近どうよ」

「RBシリーズの新作が出たのでゴキゲンだ。些か睡眠不足だが」

「そうじゃねぇよ。日月ちゃんとの話よ」

わかっててはぐらかしてんだよ。

「またそれか」

課外活動の一件、結局周囲の記憶をいじることはしなかった。

すばるに釘を刺されたのもあるし、不特定多数の記憶の整合性を保つのは難しそうだったからだ。

代わりに、真実に近い情報を耀司に頼んで広めてもらっておいた。

内容としては「友人が急遽来れないことになってソロになった日月昴が、幼馴染みで同じくソロだった俺を案内役に指名した」という、傍から見ればそうとしか思えない噂である。

これまでの流れで俺とすばるの関係性はある程度認知されているし、気安い仲であるというのも知れている。

その上で、当日誰もすばるを誘わなかったという事実も相まって、その噂であの状況の説明をつけることにした。

つまり、俺は『ちょっとラッキーな幼馴染み』という相変わらずなポジションに収まったというわけだ。

……収まってるよな？

「誰に向けた確認だよ」

「お前と、お前以外の誰かだ。それで？」

「いやよ、ちょっと妙なことになってんだよな」

どうして俺が問題ないように立ち回っているのに妙なことになるんだ。

起承転結が起承転転転……結なし、になってる気がしてならない。

「お前と日月ちゃんって付き合ってないんだよな？」

「そう言っている」

「でも、いまＨＯＴな情報筋だとお前らって公認カップルだぜ？」

「は？」

思わず真顔になる。

「んでもって、蒼真がその態度だろ？　日月ちゃん狙いの男子諸君はストレスがマッハなワケよ」

「俺のことは気にせず命を大事にガンガンいけ。みんな頑張れいろいろやろうぜと伝えてくれ」

「同級生をバカなＡＩだと思ってねぇか……？　てか、もう玉砕した連中が死屍累々でこの発信してるんだよな」

男避けに俺を使ったか？

いや、すばるがそんな権謀術数的な思考を持ち合わせているとは思えない。

あるとしたら吉永さんあたりだろうな。

しかし、俺みたいなのを弾避けに使うなんてすばるにも迷惑な話だろうに。

男の趣味が悪いなんて話になったらどうする。

「んでもって、それを後押ししてんのが蒼真が麻生さんをフったって噂よ」

「は？」

再度の真顔。

俺の顔から笑顔を消すだけの簡単なお仕事か。

まぁ、普段から笑ってるわけじゃないが。

「こっちの噂は女子連中からな。何かやらかしたのかよ」

「うーん……ん？　いや、誤解だろ」

「オレも小耳にはさんだってレベルなんだけどよ、課外活動の時に何かやってね？」

「あっ」

いや、しかし。

状況的に仕方ないだろう。

保護者的立場からすばるを放っておくことはできなかったし、そもそも告白でもなんでもない。

お誘いがあったのを、断腸の思いで断っただけだ。

「かくかくしかじか、なんだ」

「何でオレはその言葉で状況を理解できちまうんだ……？」

「細かいことはいいじゃないか」

乾いた笑いと一緒に、肩を叩いて誤魔化す。

俺もまさかこれで伝わるとは予想外だったけど。

やってみるもんだな！

「しっかし、それ……誤解でもなんでもなくね？　客観的に見てよ」

「客観的に俯瞰（ふかん）した結果、ぼっちの救済としか思えなかったんだが？」

「わざわざお前のこと探して一人で誘いに来るってのはそういうコトだと思うぜ？」

「麻生さんが？　それはないだろ」

クラスメートではあるし、女子の中ではそれなりに言葉を交わす方ではある。

さりとて、そんなイベントが発生するような親密な関係でもなし、そもそも友達と呼べるかすら怪（あや）しい距離感だ。

それを一足飛び（いっそくと）びに詰めてくるなんてこと、あり得るだろうか？

……ないでしょ。

「恋はいきなり始まるもんだぜ？」

「馬鹿め。そんな安っぽいラブコメみたいな都合のいい展開があってたまるか。特に何もしていないのに存在するだけでモテモテ！　とか、異世界転生したなろう主人公くらいだ」

「陰キャムーブすぎんだろ」

「抜かせ。女子に声を掛けられたら罰ゲームかな？　って疑うくらいには警戒するよそう。自分で言っていて悲しくなってきた。

「いや、でもよ……」

耀司が口を開いた瞬間、スマホが鳴る。

これ幸いとスマホを取り出すと、画面に表示されているのは『日月昴』の文字。

電話とは珍しいことだ。

「はいよ。どうした」

『蒼真！　真理が、真理が……』

切羽詰まった声に、思わず緊張する。

「吉永さんがどうした？　落ち着いて話せ」

『急に倒れたのです……。わたしは、わたしも一緒に病院に、来たのですけど……』

電話の向こうでは、ぐずるすばるの声。

初めて聞く勇者の泣く声に少なからず動揺するが、ここで俺まで浮き足立つわけにはいかないと、冷静さを取り戻す。

「泣くな、すばる。どこの病院だ」

しどろもどろの言葉の中から情報を拾い出して、耀司がさっと出してくれたメモに書き留める。

気が利く奴だ。魔王時代にいたら四天王（気遣い）で出世させていたところだな。

「……わかった。俺も行くから、そこで待ってろ」

通話を切って、耀司に向き直る。

「ちょっと行ってくるわ」

「おうよ、気をつけてな」

軽い挨拶だけ交わして、俺は鞄を摑んで早足に教室を出る。

要領を得ないが、すばるが困っているのは確かだ。

しかも、そのフォローができそうな吉永さんその人が倒れたという。

あの取り乱しようは、些か心配だし……とっとと向かうことにしよう。

幸い健康診断で行ったことがある病院だし、近場まで〈転移〉もできる。

「待ってろ、すぐ行く」

そう独り言ちて俺は、すぐさま物陰から跳んだ。


人目につかぬ路地裏に転移した俺は、早足に吉永さんが運び込まれた西門総合病院へと向かう。

すばるから聞いた通りに三階へと上がり、周囲を見回すと制服のまま椅子に腰かけるすばるを見つけることができた。

「すばる、吉永さんはどうだ？」

「……蒼真！　わからないのです、急に倒れたのです」

「貧血か何かか？」

「それもわからないのです。いまは、眠っているのです」

すばるがちらりと視線を向ける先、閉まったままの扉がタイミングを見計らったように開く。

「……！」

「お友達かな？　もう入ってもいいですよ」

年若い男性医師が、俺たちにそう軽く会釈（えしゃく）する。

「真理はだいじょうぶなのです？」

「個人情報だからね、僕からは教えられないんだ。ごめんね」

この言い回しは、何か問題がある時の言葉だ。

混乱しているすばるには伝わってないようだが、察してくれという医師なりの表現だろう。

「日月、吉永さんの顔を見に行こう」

「なのです」

急ぐすばるの背中を見つつ、医師に会釈を返して俺も病室へと向かう。

「真理！」

「あはは、ゴメンねー、心配かけちゃって」

病衣に着替えた吉永さんの顔色はひどく悪い。

ああ、もしかして……これを隠すための日焼けと濃い化粧なのか。

「大丈夫なのです？」

「んー……どっかなぁ。ダメかも？　えーっとねぇ」

困った笑顔の吉永さんがとつとつと語りだす。

その内容は、本人にもすばるにも残酷な内容だった。

先天性の疾病があること。

二十歳までは生きられないと言われていること。

どうしても高校生になりたかったこと。

夢が叶って、新しい友達もできたこと。

――そして、限界は思ったよりも早めに訪れそうだということ。

無理した笑顔を浮かべていられるのは、すばるがすでに目に涙を溜めているからだろう。

「せっかくJKになったのにさー、これからだっていうのに。ごめんね、すばる」

「……ッ」

唸るような泣き声を上げたまま、すばるが病室を走って出ていく。

「あ、すばる！」

病室の中に、鞄もスマホも置きっぱなしのまま行ってしまった。

気配の遠ざかり具合を見ていると病院の外まで行ってしまっているようだ。

「やれやれ、落ち着かん奴だ」

「ほんとにね。ねぇ、ナバちゃん。アタシさ……もう無理っぽい。あの子のこと、頼んでいい？」

「断る。拾ったら最後まで面倒を見るもんだ」

「そんまま返すよ。すばるったらさ、ナバちゃんの話ばっかするんだよ？」

なんだ、魔王攻略の手順でも漏洩(ろうえい)してるのか？

勇者ではない吉永さんには些か荷が重いんじゃないだろうか。

「美人薄命ってねー……シャレんなんない。あはは」

すばるがいなくなったからか、吉永さんの目には、小さく涙が光る。

「ホント、頼んだかんね。すばる、ほんとはすっごく寂(さび)しがり屋なんだから」

「悪いけど、俺はいつまでもあいつのそばにいるわけにはいかないんでね」

「なにそれ？　すばるはカワイイっしょ。何が気に入らないワケ？」

「諸事情あるんだよ。……気に入ってはいるさ」

軽く指を振って、〈大病快癒(キュア・シリアス・ディジーズ)〉の魔法を吉永さんに飛ばす。

たかだか人間風情(ふぜい)が罹患(りかん)するような病気なんぞ、元魔王たる俺にかかれば指先一つで無問題(モウマンタイ)だ。


……はい、治った。


まったく、深刻になりすぎだ。

俺のラブコメにこういう重いのはいらない。引っ張るのも面倒なので、もう判明したその場で解決しよう。そうしよう。迅速（じんそく）な対応は仕事を増やさない秘訣（ひけつ）だ。

「早く退院してすばるの面倒を見てくれ」

「ナバちゃん、話聞いてた？　わりと深刻なんだって。アタシ、死ぬんだって」

「大丈夫だ。病気のことはもう心配ない」

「なにそれ。励ますにしても適当すぎない？」

少し笑った吉永さんが、すばるの鞄とスマホを俺に渡す。

「もうすぐ親来るし、面会時間も終わっちゃうからさ。これ、すばるに届けてくんない？」

「承（うけたまわ）った」

「ついでにフォローもしといてよ」

「苦手分野だ、期待しないでくれ」

俺の答えに吉永さんがまた笑う。

「すばるのこと、お願いね」

「今回だけだ。すぐに交代を頼む」

「……交代、できたらいいな」

「できるとも。明日からでもな」

軽く笑ってみせて、俺は病室を後にする。

さて、すばるはどこに行った。気配は随分遠ざかっていて、やけにおぼろげだ。

まさか〈高速飛行（ハイ・フライト）〉でぶっ飛んでいったんじゃないだろうな。

「……こっちだな」

曇天（どんてん）が雨天に変わり、雨が降りだした街を気配を頼りに歩く。

〈雨除け（アンブレラ）〉の魔法が使えればよかったのだが、あいにく俺は生活魔法がまったく得意ではない。

ああいう微細な魔力放出を維持する系魔法は、魔法道具に頼ってしまったほうが楽なんだよなぁ。

今日はその魔法道具も持っていないわけだが。

つまり、雨に濡れながら町を彷徨（さまよ）っている。

六月とはいえ、雨に打たれれば冷える。

それはきっと、すばるも同じだろう。

まあ、勇者殿は人族なので〈雨除け（アンブレラ）〉を使っているかもしれないが。

「お、見つけた」

病院からかなり離れた公園の一角。

ベンチに俯（うつむ）き加減のすばるが、ぽつんと座っていた。

「ずいぶんと遠くまで来たもんだな」

俺の声に、ずぶ濡れのすばるが小さく顔を上げる。

「蒼真……。どうしよう、真理がいなくなってしまうのです」

「落ち着け」

　肩を震わせながら、すばるがしゃくり上げる。

「初めての友達だったのです。わたしのことを許して、助けてくれる、たった一人の親友なのです……」

「だから落ち着けって」

「だって……だって……」

　いよいよ顔を両手で覆って泣きだしてしまうすばる。

「ええい、プレセアめ。俺が誰だか忘れたのか」

「蒼真なのです」

「元『魔王レグナ』で、その力のほとんどが今も使える『青天目蒼真』だ」

　きょとんとした顔で俺を見るすばる。

「侮ってくれるなよ。あれしきの病気、魔法で何とでもなる。もう治した」

「？」

「不思議そうな顔をするな。もしうっかり死んでいたたって、新鮮な状態なら蘇生だって可能だ」

「真理は助かるのです？」

「だからもう治したって。健康長寿で半不死の魔族の回復魔法なめんなよ」

　次の瞬間。

　すばるが俺に抱き着いてきた。

「蒼真……！」

「お、おい。ほら、泣くな。問題は解決したし、雨は冷たいし。スマホと荷物も持ってきたし、風邪ひく前に帰るぞ」

　そう言っても離れようとしないすばる。

「ありがとうなのです。本当に、本当にありがとうなのです」

「わかったわかった」

　濡れたすばるの頭を軽く撫でてやって、どうしたものかと考える。

　このままじゃ、俺はともかくすばるは風邪をひきそうだ。

　軽く視線を泳がせた先に、『ＨＯＴＥＬ』の看板が目に入った。

決してヘタレたわけじゃないし、そういうのは違うと思うんだ。

「ただいま」

「お、お邪魔します」

おい、緊張するなよ。

お前から「なのです」を取ったら、キャラクター性の八割が欠落するだろ。

「なんだか胡乱（うろん）な気配を感じるのです」

「……それでいい」

「？」

水滴で玄関を濡らしながら待つこと数秒、母がパタパタとタオルを持って現れた。

「あらあら、どうしたことでしょう。お兄ちゃんが女の子を連れてきたわ」

「日月昴（たちもりすばる）なのです。突然お邪魔して申し訳ないのです」

「まぁ、ルビまでふってご丁寧（ていねい）に。蒼真（そうま）の母です。ええと、お赤飯、炊いたらいいのかしら？」

「それよりも、もう一枚タオルを持ってきてもらえると助かるかな？」

「はいはい」

受け取ったタオルをそのまますばるに手渡しつつ、俺は苦笑する。

こういう反応になるだろうことは想像できたが、ずぶ濡れのすばるをどうすることもできず……結局、我が家に連れてくるという選択肢しかなかった。

「この魔王、ヘタレやがった」とか言わない。いいね？

だいたい、十六歳の高校生はああいういかがわしい施設には入れないんだ。

特に制服のまま入るとか、冗談にもならない。絶対に補導されるし、そんなことになったら恥ずかしいし、恥ずかしい思いをした報復で補導に来た警察官が恐ろしい目に遭うかもしれない。

主に、正気に戻ったすばるの手によって。

……かといって、ずぶ濡れのすばるをそのまま帰すというのもどうなのかというジレンマもあり、こうして我が家にお招きするしかなかったのだ。

こんなことなら前世からもっと積極的に生活系魔法の練習に取り組めばよかった。

衣服の洗濯とか乾燥とか、全部お付きが魔法でやってくれてたもんな……。

今からでも練習するべきかもしれないが、それを教えてくれる魔法の使い手を見つける方が大変そうだ。

「よかったのです？」

「何がだ？」

「その、家に来てしまって。わたしなら大丈夫なのですよ？」

そんな殊勝なことを言いつつも、小さく「ヘクチッ」とくしゃみをするこのヘッポコ勇者はとても大丈夫そうには見えない。

「気にするな。服を乾かしながら雨が上がるのを待てばいい」

「でも、迷惑をかけてしまうのです」

「今更すぎる」

思わず笑ってしまった。

「まぁまぁ、仲良しさんね。すばるちゃん、ご飯食べていくでしょ？　お風呂沸かしたからどうぞ」

「はぇ？」

「そんな濡れたままじゃ風邪ひいちゃうわ。蒼真、使い方を説明してあげてね」

追加のタオルを渡すだけ渡して、母は上機嫌にその場を後にしてしまった。

「ど、どうすればいいのです……！」

「抵抗は無意味だ。言われた通り、風呂に入っていけ。覚悟しろ、夕飯もきっと食べていくことになるぞ」

あの有無を言わせない感じ。

初めて耀司が家に来た時とよく似ている。

母がああなれば、もはや俺にだって止められやしない。

「ま、そう気負うこともない。友達の家に来て、ちょっと長めの雨宿りをするだけと思えばいいさ」

「そういうものなのです？」

「そういうものなのです。勇者がこんなことで怖気づいてどうする」

俺の言葉に、すばるが小さく笑う。

肩の力が少し抜けたようだ。

「風呂、こっちだ」

水気をふき取ったすばるを風呂場に案内し、一通りの説明をする。

といっても、湯の出し方さえわかれば問題ないだろう。

「……大きなお風呂なのです」

「親父が人を招いて『風呂呑み』ができるようにって、こだわった結果だ。掃除が大変なんだがな」

ちなみに、その風呂掃除は俺の担当である。

面倒なので、こっそり作った液状生物に毎夜掃除させているのは秘密だ。

「タオルはここのを使って……濡れた制服は洗濯機の中に入れておいてくれ」

「わかったのです」

「じゃあ、ゆっくり温まれよ」

手を軽く振って、風呂場のドアを閉める。

そして、廊下に出た瞬間……母と妹に捕まった。

「兄さん。あの方とはどういったご関係なのですか」

「小梢。詮索はよくないな」

「質問に答えてください」

「見ての通り、友人だ」

眼鏡をクイっと上げた小梢が、俺の瞳をじっと覗き込んでくる。

「……嘘は言ってないようですね？」

「怖いよ⁉」

なんだって、異端審問みたいになってるんだ。

「でも小梢ちゃん、すばるちゃんはお兄ちゃんのことまんざらでもなさそうよ？」

「このゴミみたいな陰キャを好きになるなんてありえるのでしょうか……？」

「言いすぎじゃないかな、小梢？」

いくら何でも実の兄をゴミ呼ばわりはひどくないだろうか。

我が家ではよくあるやり取りではあるが。

「そうよ、小梢。せっかくお兄ちゃんに春が来そうなんだから、しっかりと家族でフォローしないと！」

「そうですね。兄さんにこんなチャンス、もう二度と訪れないでしょうし」

妙に不機嫌な小梢が、小さくため息をつく。

お前、外ではもう少し抑えろよ？　彼氏できないぞ？　言葉、キツすぎるからな？

「着替えを準備してきます。母さんは夕飯の支度があるでしょう？」

「そうね。お願い。蒼真は着替えていらっしゃい」

「そうさせてもらうよ」

自室に戻って、濡れた制服をハンガーにかける。

すっかり着替えてから、じっとりした制服を見て一考する。

「ううむ、このまま乾かすのもまずいか」

生乾きの臭(にお)いをさせての登校は、さすがにちょっと憚(はばか)られる。

仕方ない。すばるの制服と一緒に洗ってしまおう。乾燥も併(あわ)せて三時間もあれば終わると思うし、別々にやるのは二度手間だ。

「よし、さっさと洗濯しちまうか」

なんだってあんないいにおいがするんだ。


「うっかりなんだ。ちょっとした不注意と、自宅という気の緩みが生んだ事故だとも。悪意なんてあるはずがないし、劣情もないことを保証する」

俺は一気に閉めた引き戸の裏でガタガタ震えて神に祈っていた。

そう、すでにことは起きてしまった。


──数分前。

自分の制服を携えた俺は、ごく自然に脱衣所兼洗濯機置き場の引き戸を開けた。

開けてしまった。

そこで目にしたのは、湯上がりで一糸まとわぬすばるの姿。

お互い数秒固まり、俺は【縮地】で廊下に出て戸を閉めた。

ああ、神様仏様読者様……これはラブコメにありがちなお色気イベントであって、死亡フラグではないはずだろ？

でなければ、俺がこんな凡ミスを犯すはずがない。

……そうだろ、諸君？

「誰に向かって話しているのです？」

「彼方にいる誰か、に？」

「もう開けてもいいのです」

「フッ……開けた瞬間フルパワーだろ？　わかってるぞ、勇者め」

少しの沈黙。

この沈黙が怖い。

「……すばる？」

「蒼真が不注意な破廉恥を引き寄せるのはいつもの事なのです」

「いやいや、そんなにいつもではないだろう。ごくまれに引き当てるだけだ。だいたいピックアップガチャくらいの確率だろ？」

「0・3％なのです？」

「……渋いな。どんなゲームだ……」

おそるおそる引き戸を開けると、可愛いふわもこパーカーにすっかり着替えたすばるがちょこんと立っていた。

妹の部屋着らしいが……着ているのを見たことがない。

まぁ、これは妹が着てもちょっと似合わないかもしれないな。

「猫だな」

「可愛いのですけど、ちょっと恥ずかしいのです」

猫耳フードがついた、モコモコとした上下。

なかなか似合ってる。

「それで……見たのです？」

ここは正直に行くべきところか？

それとも、さくっと誤魔化すところか？

「記憶が消えるまで光の波動で頭の中をかき回した方がいいのです？」

「ハハハ、当然見ていないに決まってるじゃないか。俺は紳士だぞ？」

「本当なのです？」

実際はばっちりだったし、脳内にがっつり焼き付いてるけどな。

しかし、それを正直に白状なんてすれば、末路は一つ。

つまり、死だ。

「あら、上がったのね？　じゃあ、蒼真も入っちゃいなさい」

奇妙な緊迫感を打ち崩したのは、キッチンから顔をのぞかせた母である。

「俺はいいよ」

「あんたもずぶ濡れだったでしょ。いいから入ってきなさいな。その間に母さん、もう一品増やしちゃうから」

魔王としての能力を取り戻した俺は、ほとんどの病気にかからないし……なまじ罹患(りかん)したとしても、魔法を使えばものの数秒で全快だ。

雨に濡れることによるデメリットはちょっと寒いってだけである。

「入ってくるといいのです」

「いや、しかし……」

「家族には内緒と聞いたのです。疑われるのはよくないのです」

「うぐ」

このうっかり勇者に諭(さと)されるとは何たる不覚。

というか、お前が恐ろしい秘密を口走らないかと不安になってるんだよ、俺は。

「大丈夫なのです。ちゃんと気をつけるのです」

耳元ですばるが囁(ささや)く。

ふわりといい匂いがして、イケナイ映像がフラッシュバックするが……平静を装(よそお)って頷(うなず)く。

「わかった。じゃ、ここ座って、テレビでも見てなさい」

すばるをリビングのソファに座らせて、テレビのリモコンを手渡す。

「他人行儀な上に妙に優しいのです」

「俺はいつだって紳士だ」

気づかれぬように小さくため息をつきながら、風呂場へと向かう。

いろんな意味でしくじった。

その意味では、風呂にでも入って少し頭の中を整理した方がいいかもしれない。
今日はイレギュラーが多すぎて、混乱気味だ。
このままじゃどんな凡ミスをかますかわかったもんじゃないからな。
「やれやれ……」
独り言ちながらシャツを脱いだところで、思わず動きが止まる。
回る洗濯機、湯上がりの残り香、使用済みのバスタオル……。
そして、肌色成分の多いフラッシュバック映像。
……やばい、やばいやばい……！
深呼吸だ！
いや、深呼吸はまずい！
息を止めるか？
待て、何を意識してる。
おかしいだろ。すばるはそういうのじゃないハズだろ？
落ち着け、ちょっとばかり刺激的な映像に心が惑わされてるだけだ。
そう、ほら……俺って高校生だし。
健康優良な男子は、そういうのに興味があるわけだし。
すばるは美少女だし。
ほら、おかしくない。おかしくないな？

全体的にセーフだろ？

通常の反応であるはずだ。

『すばるだから』ってわけじゃない。

「……心頭滅却すれば、火もまた涼し……！」

ちなみにこの言葉を使った坊主は、あっさり炎に巻かれて死んだ。

はっきり言って、やせ我慢の言葉に他ならない。

どうにも落ち着かないまま、風呂場へ足を踏み入れた俺だったが、そこでもまた固まってしまった。

水に濡れた床が、湯気を立てる浴槽が、普段と違う位置に配置されたバスチェアが、俺の平常心をかき乱す。

さっきまでここに、すばるがいたと考えてしまうと、どうにもしがたい思考が湧き出てしまうのだ。

まさかあのありがちなラブコメ系事故がこうも俺を揺さぶるとは予想外であった。

（む……これではそこらの色に浮かれた陽キャみたいじゃないか）

そんな自嘲に苦笑いしつつも、俺は湯船につかる。

「まったく落ち着けねぇ……」

すばるの気配が残る風呂場。

さっきから一瞬のうちに焼き付いた肌色の映像がちらついて、まったくリラックスできない。

「ああ、もう……いいか」

しばし入浴して、いくぶんすっきりした心持ちで風呂を出る。

やっぱり、気の迷いだった。

ああ、排水溝に潜むスライムどん。風呂の掃除をたのんだよ。

スッキリとね。

そういうのはずるいと思う。


「とっても美味しかったのです」

「そりゃよかったな」

ご満悦そうで何より。

しかし、母さんも母さんだ。

あんなごちそう、誕生日でもなかなか見ないぞ……。

まぁ、家に遊びに来る友人といったら耀司くらいなので、久々の新顔に張り切ってしまったのかもしれない。

その他の可能性については考えるのをやめておこう。

それを追求しだすと、俺の部屋にすばるがいるという状況に耐えられなくなる。

「意外と普通の部屋なのです」

ベッドに腰かけたすばるが、俺の部屋をくるりと見回してやや残念そうにする。

なんだ、萌えキャラのポスターでも貼っておいた方がよかったか？

「本棚も小さいですし……ちょっとがっかりなのです」

「ああ、並べて悦に入る趣味はないんでな。楽しみ終わったら魔法で亜空間に収納している」

でないと、壁一面ゲームとラノベで埋め尽くされてしまう。

「蒼真。今日は、迷惑をかけたのです」

「平常運転すぎる。特筆して今日に限ったことじゃないだろ」

「む」

一瞬口を尖らせたすばるだったが、徐々にへんにゃりと眉を下げて俯く。

「その通りなのです。わたしは何をしているのでしょうね」

「おいおい、真に受けるなよ」

思わず、すばるの頭に手を伸ばす。

少し濡れた髪が、ひんやりとした感触を俺に返してきた。

「そう気にするな。言いすぎたなら謝る」

「蒼真は、どうしてわたしに優しくするのです?」

上目遣いに、すばるが俺を見る。

疑問と期待の入り交じった目だ。

「さあな。別にことさら優しくしているつもりはないぞ?」

「そうなのです?」

「そうなのです」

少しあっけにとられたふうなすばるの頭を再度ぽんぽんと撫でてやってから、ふと気づく。

あれ、これは女子にやってもいいやつだったか？

親密な関係なら大丈夫と聞いた気もするが、雑誌で読んだ『勘違い男子のやる失敗モテ動作10選』にランクインしてた気がするぞ……！

そもそも、なんで俺はすばるの頭なんて撫でてるんだ？

「どうしたのです？」

「何でもない。それより、お茶のおかわりはいるか？」

「お構いなくなのです」

……なんだかセーフっぽい。

いくらすばる相手とはいえ、女子にドン引きなどされると明日学校を休みたくなっちゃうからな。

「蒼真。何かしてほしいことはないのです？」

「急にどうした」

「わたしは、きちんとお礼をする女なのです！」

また妙なことを言いだしたぞ、こいつ。

「いらん」

「何故なのです？」

「何故って……そりゃ、大したことは何もしてないからだろ」

俺の言葉にすばるが首をふるふると横に振る。

「そんなことはないのです。蒼真は真理を助けてくれたのです。それに、蒼真に会ってから……とっても――」

声が徐々に小さくなって、最後には再び俯いてしまった。

何をごにょごにょと。

「とにかくっ！　お礼をするのです！」

顔を赤くしたすばるが、力強く宣言する。

心意気は買うが、押し売りはよくないな。

「何でもいいのです。でないと気が収まらないのです」

「そう言われてもな……」

本当に困った。

おおよそのことは自分でできるので、特に何かしてもらうこともない。

しかも、何かをしてくれるという相手はこのヘッポコ勇者である。

迂闊なことを頼めば、逆に大惨事となる可能性が高い。

「ちょ、ちょっとだけなら……え、えっちなことでもいいのです」

「なん――だ、と……ッ!?」

とんでもない発言に、思わず生唾を飲み込む。

できるだけ意識しないように、そう……しないようにしていた客観的事実が、深層意識からせり上がってくる。

部屋に二人きり。

湯上がりの美少女。

男子高校生には耐えがたく魅力的なシチュエーション。

いつ、どの角度から間違いが起きてもおかしくないコンディション。

しかも、当人の了承付き。

「待て……待て待て。バカを言うもんじゃない」

深呼吸をして、冷静さを取り戻すんだ。

問題ない。俺の正気度(SAN値)は１０８まである。

この程度の動揺など、余裕でクリアだ。大失敗(ファンブル)さえしなきゃな。

「……心の声が漏(も)れてるのです。ふぁんぶるするのです？」

「少し黙っていてもらおうか！」

落ち着け、俺。

ガワは可愛らしいが、中身はプレセアだ。

練りに練った前口上(まえこうじょう)の途中で最強魔法をぶっぱなし、出会いがしらに聖剣で聖滅を狙ってくるような奴だぞ？

うっかり触れれば『聖なるボディブロー』で、のたうちまわる羽目になるに決まっている。

「すばる、そういうことを軽々しく言うんじゃありません」

「お父さんみたいなのです」

お前のような危険な娘を持った覚えはないぞ。

「それに軽々しくは言ってないのです。そのくらい蒼真に感謝しているってことなのです」

「感謝が重たすぎる……。もうちょっとポップでライトな感じのお礼にしてくれ。心臓に悪い」

「魔王のくせにヘタレなのです」

「俺も男なんだからな。そう煽るもんじゃない」

俺の様子に、すばるがクスクスと笑う。

まったく、わかってるのかわかってないのか。

「蒼真」

「ん？」

「ふぁんぶる、してもいいのですよ？」

気恥ずかしそうに微笑むすばるを直視してしまった俺の中で、正気度がゴリっと減った音がした。

決してラブみとかではない。

梅雨らしい天気が続いた空の機嫌が直り始めた六月の後半。

あと数日で七月というある日の放課後。

すばるが上機嫌で、俺の教室を訪ねてきた。

もはや、いつものことすぎて多くのクラスメイトが気にも留めなくなってはいるが、一部の視線はなお厳しい。

「……そうすると、蒼真は逃げるのです」

いい加減不意打ちのように現れるのはやめて、あらかじめ連絡が欲しいと思う。

心を読むのはやめようか。

「当たり前だろう」

「今日はわたしだけではないのです」

「ナバちゃん！」

「お、吉永さん。無事退院できたようで何より」

いくら魔法で完治させたとはいえ難病は難病。

即時退院というわけにはいかなかったらしく、吉永さんは約三週間の検査入院を強いられた。

その間、俺は一度もお見舞いに行っていない。

いや、別に冷血漢を気取ったわけじゃない。

俺が魔法に失敗するわけないので心配などなかったし、迂闊に顔を出して無用のトラブルに発展するのを避けたかったのだ。

友達の命をパパッと救うのはともかく、騒ぎにでもなると面倒この上ないからな。

「アリガト。このあと、ちょっと付き合ってくんない？」

「？　いいけど」

目立つ美人までもが俺に会いに来たってことで、平穏だった教室に少しばかりざわつきが広がる。

ざわついてないで早く帰れ。

いや、俺が帰る。

「どっか寄ってこ。ちょっと話、したいしさ」

「駅前のクレープ屋さんがいいのです」

「どこでもいいけど、高いところはパスな」

鞄を手に立ち上がったところで、俺たちに近づく影。

「ナニナニ？　オレらも一緒しちゃっていい？」

ほら見ろ。

目立つもんだから、ややこしいのが来たぞ。

「何？　アタシ、いまナバちゃんと話してんだけど？」

「いいじゃんいいじゃん。人多い方が楽しくね？」

「青天目はノリわりーしさー、むしろお前は遠慮しとく？　みたいな？」

相模と河内コンビがげらげらと笑って、俺の肩を叩く。

素行の悪い彼らは、ここのところクラスで少しばかり浮いている。

「な？　いいだろ？」

「いいわけないのです」

「アタシらはナバちゃんに用があんの」

邪険にされても相模は退かない。

俺だって読めるわけじゃないが、この二人はそれに輪をかけて空気が読めない。

読まないのかもしれないが、我を通すために暴力の行使を匂わせるようなこともある。

それが疎外と孤立に繋がっていると気がついているのだろうか？

最初はイケメン枠かと思っていたが、どうも彼らは高校デビューの方向性を誤ったようだ。

「おい、青天目。お前もいいよね？」

「何がだ？」

「チッ、ノリわりーな」

二人してそう凄むもんじゃない。

度が過ぎると、あまりよくないぞ。

ほら、すばるが殺気を垂れ流してる。冗談じゃなくて死ぬからほどほどにしておけよ。

「日月（たちもり）、よせ」

「止めないでほしいのです。ちょっと内臓の配置が変わる程度に殴るだけなのです」

……怖いよ⁉

「てか、あんたらさ」

吉永さんが、首をひねって二人を見る。

「そもそも誰なわけ？　馴れ馴れしくない？」

「は……？」

おいおい、クリティカルは止（よ）そうか、吉永さんよ。

ほら、キャンプでいたじゃない。

少しだけだったけど。

「悪いけど、趣味じゃないし？　空気も読めないとかナイわ。ナシ寄りのナシなんですケド？」

「蒼真、放っておいて行くのです。時間の無駄なのです」

「お、おう……」

殺気立つ美少女二人に手を引かれ、俺は引きずられるようにして教室を後にする。

そんな俺を相模と河内が憎々しげな目で睨（にら）んでいた。

いやいや、俺は何もしてないだろ……。

＊＊＊

「蒼真がぐずぐずしているからなのです」

「青天目な。まだ校内だぞ」

「いい加減諦めたら？」

吉永さんにからかわれながら、校門を目指す。

まさか両手に花で下校しようとは……もしかして、俺は人生の絶頂期にいるのでは？

まぁ、おおよそ『上がれば下がる』のが世の常なので、このあと悪いことが起るのだろう。

「それで、何だって急に俺を引っ張り出したんだ？」

「暇ではなかったのです？」

「いつも俺が暇しているみたいなバイアスをかけるのはやめよう」

真面目にバイトだってしているし、免許のために教習所にだって通っている。

幸い、今日は何もない日だが。

「ごめんね、ナバちゃん。アタシが頼んだんだ」

「それならいいけど」

「わたしの扱いがひどいのです……！」

「あははは、気にしすぎー」

オーバーに落ち込むすばるの肩を慰めるように叩く吉永さん。

身体の調子は良さそうだ。

こうやって、じゃれてる姿を見ると安心する。

「蒼真、甘いものは大丈夫なのです？」

「青天目な。もしかしたら三歩くらい歩いたら忘れるのか？」

「もう面倒なのです。真理の場合はノーカンなのです」

何をもってノーカウントとするんだろう。

判定甘すぎない？

「アタシも気にしないケド？　なんならアタシも『ソウマ』って呼ぼっか？」

「勘弁してくれ」

「でも、ナバちゃんはちょっと他人行儀すぎない？　アタシのことも、真理って呼んでいいよ？」

「真理、ダメなのです。この男は距離を詰めると逃げるタイプのヘタレなのです。この間、お邪魔した時も……――」

何かを語りだそうとするすばるの口を、咄嗟に後ろから手でふさぐ。

「日月。『口は禍のもと』って言葉を知っているか？」

「誓って真実しか語らないのです」

「その真実はしまっとけ」

「蒼真のちょっとヘンタイっぽい真実なんて、今更驚かれもしないのです」

よし、勇者。

お前とはもう一度雌雄を決さないといけないようだな。

「ナバちゃん、すばる。じゃれるのはほどほどにってか、あんまアタシの前でラブみ溢れさすの見ててハズい」

「誤解だ」

「誤解なのです」

ハモってしまったが、そういうんじゃないんだよ。

クレープ屋と聞いていたが、到着したのは比較的しっかりしたカフェだった。

店内の一角、四人掛けの丸テーブルに腰を下ろした俺たちは、注文を終えて一息つく。

俺としてはどうにも落ち着かない。

なにせ、女性客が多く……男性客はいてもカップルの片割れだ。

俺を緊張させないために、くたびれたおっさんのサクラを配置するくらいの配慮があってもいいのではないだろうか。

「また胡乱なことを考えているのです」

「日月、あまり人の心を見透かすのはよくないぞ」

「蒼真がわかりやすいのがいけないのです」

そんなにわかりやすいだろうか。

「それで？　一体俺に何の用事だったんだ？」

吉永さんメインの用件である以上、すばるの無茶振りということはないだろうが、どうもこうして改まっての話となると気にはなる。

「えっと……まずはお礼言いたくってさ。ナバちゃん、ありがとう」

「礼を言われるようなことは何もしてないぞ？」

俺の言葉に、首を左右に振る吉永さん。

「すばるから、聞いちゃったし？」

「な……ッ？」

おい、ヘッポコ勇者。

目を逸らすな。

「あ、すばる責めるのはナシね。すばるがいろいろ変わってるのは知ってたし。ナバちゃんもそうなのかなってさ」

吉永さんが小さく笑って、テーブルの上に袱紗のような包みを出す。

少し厚みがあって、中身は予想がついた。

「それで、お礼。これ」

「おいおいおい……待ってくれ」

「アタシが今まで貯めてきた分と、親から。全然、足りないかもしんないケド」

包みを俺の前に押しやって、目を潤(うる)ませる。

それを、押し返して小さくため息をつき……俺は首を横に振った。

「受け取れない」

「なんでよ？」

「俺は何もしていないというのがまず一点。それに友達と金のやり取りをしたくないのがもう一点」

「でもさ……！」

吉永さんの言葉を制するように、俺も口を開く。

「仮に、俺が何かしたとして……個人的な理由もあった。吉永さんが、気にすることじゃない」

どう説明したものやら、俺にもわからない。

相手に過不足なく気持ちを伝えることの難しさは、今生で思い知っているところだ。

それでもって、それを説明しようとすると横でしゅんとしている元勇者の話になる。

いくら何でも、それは勘弁願いたいところだ。

「でも、アタシの気が収まらない。ウチの親だって、感謝してる」

「……まさかとは思うけど、俺のこと話した？」

「してないケド……お礼しなきゃいけない人がいるって話したら、これ持たせてくれた」

うっすらと漏れてるじゃないか。

俺の後ろ暗い個人情報が！

「はー……どうしてもっていうなら、ここのクレープ代でロハにしよう。そうしよう。ただし、払うのは日月だけどな」

「わたしなのです⁉　どうしてなのです⁉」

「どうしてだと思う？」

俺の笑顔に怯んだ様子のすばるが、目を逸らす。

「わ、わかったのです」

「ってことだから、吉永さん。それ仕舞っておいてくれ」

「納得できないんですケド？」

あ、本当に納得してなさそう。

頑固なのはすばると似た者同士か。

下手すると、親も似てるのかもしれない。

ガス抜きしないと、余計厄介なことになるパターンか？

「どうしてもって言うなら、金以外で頼むよ。肩たたき券でも一日デート券でも発行してくれればそれでいいさ」

「真理とデートしたいのです？」

「よーし、お口の軽いおバカは黙ってろ」

身を乗り出したすばるの額にデコピンを放つ。

「うーん、おっけ。なんか考えとく」

「忘れてもいいよ」

「絶対忘れないかんね」

笑顔になった吉永さんの頬を、涙が伝う。

「あー、やだ。メイク落っこちちゃうじゃん。ちょっと化粧いってくる」

急ぎ足で化粧室へ消える吉永さんを見送ってから、すばるに向き直る。

「おい、すばる。何考えてんだ……」

「仕方なかったのです」

「仕方ないことあるか。まったく、どこまで喋ったんだ？」

「取り調べはかつ丼が出てきてからが本番なのです」

ここはクレープハウスだし、お前には反省の色が見えないな。

「蒼真が何かしたっていうのは、すでにバレてたのです」

「だからって……──」

「だって、蒼真はまた抱え込んでしまうのです！　適正な評価を受けて、適正に労われるべきなのです！」

突然、怒ったように見えたすばるが何を言っているか、一瞬わからなかった。

目を伏せるすばるを見て……それが、前世の話だと、ピンとくるまでは。

「あー……すばる。それはもういいんだよ。終わった話だ」

「何の話が終わったワケ？」

いつの間にか戻ってきた吉永さんが首をかしげる。

「……なんでも？」

「てか、アタシいないとマジで『すばる』呼びなんだね。なんか、そっちの方がしっくりくるっていうか、もう諦めたら？」

「なのです。いい加減、慣れたほうがいいのです」

無茶をおっしゃる。

名前で呼び合ってるなんて話が広まったら、冷やかされるか絡まれるかするに決まっている。どっちも避けたいところだ。

「てかさ、ナバちゃんの話聞かせてよ。アタシ、超興味ある」

「なんで俺……」

「いいじゃん。だって、アタシ、自由と時間を手に入れたんだし？　気になる男の子のこと、知りたいじゃん？」

嬉々とした様子で放たれた言葉に、俺はまったく理解が追いつかなかった。

頭のよくなるお薬は自然食品で出来ている。

七月。

この月は少しばかり慌ただしい。

まず、後半には夏休みの命運を占う学期末考査が控えている。

ここで失敗をすれば、補習という名のイベントが自由な夏休みを虫食いにしてしまうので、みんな必死だ。

そして、そのテストが終わる頃……俺と妹の誕生日がある。

たったの三日違いである俺たち兄妹(きょうだい)は、まとめて誕生日イベントが行なわれることにちょっとした不満を感じており、特に妹は毎年のように荒れる。

俺と同日に祝われることがそんなに嫌なのだろうか……?

ともあれ、今年のお祝いは辞退すると両親に伝えておいた。

今年は思う存分、気兼ねなく妹を祝えればいいと思う。

もう高校生だし、アルバイトもしている。一人の自立した人間として、そこは譲るべきだろう。うん。

そんな七月なわけだが、相変わらず俺にプレゼントの要望を聞いてくるヤツがいる。

そう、耀司（ようじ）だ。

「今年はなんにすっか？」

「まかせる。いい感じのを頼むわ」

「おうよ」

アパレル系に造詣（ぞうけい）が深い耀司は、毎年俺に服をプレゼントしてくれる。

去年はTシャツだった。

あまりファッションに明るくない俺だが、耀司が選ぶ服は毎回気に入っている。

「何の話？」

近くにいた麻生（あそう）さんが自然な様子で会話に加わってくる。

ぼっち気味の俺に気を遣（つか）ってか、最近こうして話しかけてくれることが多い。

すばるや吉永（よしなが）さんとはまた違った、おっとり系美人である彼女はこのクラスの清涼剤だ。

「蒼真（そうま）の誕生日の話。テスト明けすぐなんだよな」

「え、今月なの？　知らなかった」

まぁ、俺は誕生日を吹聴（ふいちょう）して回る陽キャとは一線を画（かく）しているからな。

「なら、私からも何かお祝い用意しようかな？」

「お、イインチョもお祝いしちゃう？　よかったな、蒼真」

「いや、気持ちだけで充分だよ」

「もう聞いちゃったもんね。何がいいかなぁ……？　同世代の男の子にプレゼント選ぶのって初めてだし、ちょっと楽しみ」

意外にノリノリな麻生さんが、鼻歌まじりに離れていく。

「気を遣わせちゃったかな」

「いいんじゃね？　イインチョの誕生日にお返しすりゃいいんだよ」

なるほど、そういう考え方もあるか。

「おっと、お迎えだぜ？」

「ああ。行ってくる。お前もテスト勉強しろよ、耀司」

「おう。わーってるって」

まだ教室にいるつもりらしい耀司に軽く手を振って、廊下で待つすばるのもとへ向かう。

「あれ？　吉永さんは？」

「病院に呼び出されたのです」

「そうか。仕方ない、それじゃあ行くか」

＊　＊　＊

「それで？　どこがわからないんだ」

「すべて、なのです……」

そんなキリッとした顔で大物感出してもダメだぞ、元勇者。

「中間考査で懲（こ）りなかったのか？」

学校近くのファストフード店は、俺たちと同じ制服姿の生徒たちで賑（にぎ）わっている。

学校からほど近く、図書室ではできない多人数でのテスト勉強が可能となれば、ここに集まってくるのも仕方がないだろう。

かくいう俺たちもそうなのだから。

「ど、努力はしたのです。でも、わからないものはわからないのです」

「わからないのはよくわかった。よし、まずはテスト範囲の確認だ」

学期末考査は四日間に渡って行われるし、中間考査と違って科目数も多い。

計画的にやっていかないと、悲惨な結果になるだろう。

この段階で相談してくれてよかったというべきか？

「どれから手をつけるのです？」

「暗記科目はすぐに終わらせるとしようか」

ハンバーガーとポテト、それに教科書などで雑然としたテーブルの上に一本の瓶を置く。

「これは……何なのです？　ほのかな魔力を感じるのです」

「『賢人の秘薬（エリキシルオブセージ）』だ」

「はぇっ……？」

いやー、まさか……現代社会で秘薬の素材が全部調達できるとは予想外だった。

半分以上の素材が、『健康とハーブの自然食品マルヨン』で揃うことには驚きを禁じ得ない。

「ズ、ズルはいけないのです」

「なんだ、お前の覚悟はそんなものか……勇者プレセア」

「な、なんとぉー⁉」

「赤点回避のために魔王に魂を売るとまで宣言したお前が、この程度のことも拒むとはな」

魔王の台詞としては些かスケールが小さいと思うが、この煽りは効果抜群だった。

「やってやるのです！　赤点さえ回避できれば、何でも言うことを聞いてやるのです！　またｈｅｎｔａｉみたいな要求をするがいいのです！」

ざわつく周囲。

ちょっと、すばるさん。声大きい。

なんか、俺がえっちな命令する流れみたいに脚色するのやめようぜ。

「落ち着け。そして、とりあえずそれ飲め。誇大広告でもなんでもない正真正銘の『頭がよくなる薬』だ」

「は、はいなのです」

さすがに周囲の視線に怯んだらしいすばるが、少し顔を赤くしつつも『賢人の秘薬』を飲み干す。

「スッキリした後味なのです」

「レモンが入ってるからな。よし、それじゃあいくぞ。今から一時間で各教科の暗記項目を頭にぶっこむ」

　そう告げて、すばるの手を取る。

「こ、こんなところで何を考えているのです……。破廉恥なのです」

「繋がりを作るんだよ。前に魔力を分け与えただろ？　あれと同じ方式でやる」

「そうなのです？」

「そうなのです」

　握り返された手に少しどきりとした俺も大概だと自嘲しつつも、すばるとの間に精神的な繋がりを形成する。

　ま、前世……魔族の間ではよくやることではあった。

　そもそも勉強というのは『覚えること』ではない。覚えたことを基礎にして、解釈し、思考し、探求することだ。

　必要な情報を調べて暗記作業を行うなんて、タイパが悪すぎる。

「あわわわ……」

「よし、英単語終わり。次は構文と例文を流し込むぞ。終わったら社会科全般だ」

　故に、このようにして暗記は時短で行う。

　まあ、普通はいっぺんにやると頭がパンクするので少しずつに分けてやるものだが、今回は『賢人の秘薬』を摂取しているので問題ないだろう。

「さぁ、ラストスパートだ」

本当にやばいのは空気でわかる。

「あふぅ……」

口と耳から煙を上げながら、すばるがぐでんと脱力している。

さすがに詰め込みすぎたか。

「少し休憩するか」

「がんばるのです。テストが終われば夏休みなのです」

高校に入って初めての夏休み。

期待する気持ちは俺にもある。

「そういえば、蒼真は夏休みどうするのです？」

「いろいろと考えてはいる」

そう、一カ月に及ぶ毎日が日曜日な日々。

録り溜めたアニメ、積ん読しているラノベ、ゲームのやり込み……時間はいくらあっても足りない。

それに、今年は耀司と一緒にバイトに行く予定もあるし、バイクを買ったらツーリングにも行きたい。

やりたいことはいくらでもある。

「……？」

まだ来ぬ夏休みに思いを馳せていると、ふと視線を感じた。

「なんだ、日月」

「せ……せっかく、お友達になったのですから、わたしと遊んでくれてもいいと思うのです」

おい、照れながら言うなよ。

うっかりキュンとしちゃっただろ。ほんの少しだけ。

「バイトで十日ほどこっちにいないけど、それ以外なら声かけてくれたら合わせるぞ？」

「どこかに行くのです？」

「ああ。耀司と一緒に南の島で住み込みのバイトをな。それでようやくバイクの購入資金が貯まりそうなんだよ」

「そんな陽キャの巣窟みたいなところ、バイトに行って大丈夫なのです？」

あまりにも直球で的確すぎる指摘に、俺は沈黙せざるを得なかった。

軽い気持ちで承諾したものの、俺に接客とか可能なのだろうか？

……考えたら不安になってきた。

「き、きっと大丈夫なのです。灰森君も一緒なのです」

しくじったと察したらしいすばるが、焦った様子でフォローを入れるが、不安は残る。

気にしだすと止まらない性分は前世からの持ち越しだ。

「そうだといいんだがな。まあ、できることをするさ。バイクのためだ」

バイト先も耀司の親戚が経営する旅館だし、何とかなると信じよう。

「さて、今はそれよりもテストだ。まずはざっとテスト範囲の問題を解いてみようか」

「はいなのです」

いいタイミングなので話を切り上げて、問題集を広げる。

一時間前完全に止まっていたすばるのペンは、ページを次々とめくっていった。

＊　＊　＊

二週間後。

全てのテスト日程を終えた教室は、解放感に満ちていた。

あとは、耀司がしくじっていないことを願うばかりだが。

「ヤバみ溢れる響き合う」

……この様子ではまずいかもしれない。

「おい、大丈夫か」

「ヤベェ……」

やばかった。

浮かれる周囲を完全に置いてけぼりにするテンション。

これは相当深刻な事態かもしれない。

「最後のが特にヤベェ」

「ああ、丸岡の古文か。なかなかの難易度だったな」

「はぁー……終わったもんはしゃーねぇ。沙汰を待つしかねぇな」

ため息をついて頭を掻いた耀司が、気を取り直した様子で俺を見る。

「んで、蒼真。もう準備終わってんのかよ？」

「いや、まだだけど。ま、着替えさえあればいいだろ？」

「バッカおめぇ、水着忘れんなよ？　むしろそっちがメインっつーか」

軽く忘れてた。

そう、アルバイトする旅館は最近リゾート開発された孤島にあり、自由時間とバイト期間終了後の三日間はリゾートを楽しんでいいという好待遇なのだ。

「……忘れてたって顔だな？　んじゃ、今から買いに行こうぜ」

「そうするか」

せっかくの南の島だ。

水着も新しくして高校生らしくはしゃいでみるのもいいだろう。

「――……悪だくみの気配がするのです！」

出たな、正義の味方。

「何が悪だくみか。ただの買い物の相談だろ？」

「蒼真！　テスト明けは打ち上げと相場が決まっているのです！　おかげさまでテストは完璧だったのです！　ありがとうなのです」

「あ、はい。オメデトウ。あと、青天目（なばため）な」

勢いのまま、すばるが教室に入ってくる。

夏服の映（は）える美少女は、なかなかに目を引くらしく……例によって、俺に注目が集まってしまった。

しかも、その後ろにはすらりとしたモデル体型の吉永（よしなが）さんが続く。

そんな二人を見て、耀司がテンションを高くした。

「お、いいじゃん、打ち上げ。時間あんなら、買い物と一緒にやっちまおうぜ」

さすが陽キャ……！

機転の利（き）かせかたが違う。これが経験の差か。

「何の相談かな？」

「お、イインチョ。よかったら一緒にどうよ？　打ち上げ」

「いいね。私も行っていいの？」

「モチのロン！　いいよな、蒼真？」

話を振られた俺は、頷（うなず）いて応（こた）える。

さりとて、このままここに留（とど）まるのはよろしくない。

さっきからゴロツキじみた視線を送ってくる相模(さがみ)と河内(かわち)もいるし、これ以上大所帯になっては動きにくい。

「じゃ、行きますかね」

「おう」

察した耀司が、立ち上がり歩いていく。

それに追随(ついずい)する形で立ち上がり、すばるたちに目配せする。

「どうする？　先に買い物済ませちまうか？」

「そうだな。かまわないかな？」

そう女子勢を振り返ると、快諾(かいだく)の声が三人からあがった。

「ところで、何を買うのです？」

「海に行くんで水着をな」

俺の返事に、女子勢がわずかに表情を変える。

三者三様の顔だが、さて……？

「蒼真、これとこれ……どっちがいいのです？」

西門(さいもん)高校の最寄(もよ)り駅から一駅隣にあるショッピングモール。

その特設会場に、俺たちはいる。

普段は絵画展や物産展が開催されている催事場全体が、今日は水着や浮き輪などで溢(あふ)れていて、なかなかの盛況ぶりだ。

「俺に聞くなよ。吉永さんにでも聞いたらどうだ」

「その結果、この二つなのです」

左手には白と水色の少し際どいビキニ、右手にはデニムのショートパンツのセパレート。

思わず着ているところを想像しながら、視線を右往左往とさせてしまう。

「ていうか、俺に判断をゆだねるなよ……」

「強いて言えばぁ～？」

「ショーパンのやつ」

背後からの急な声に、思わず答える。

「だってさ、すばる」

「では、こっちにするのです」

上機嫌で試着室に去っていくすばるの背中を見送りつつ、ため息をつくと背後の人影が正面に回り込んできた。

「んでんで？　ナバちゃんの本音は？」

「観賞用ならビキニ。……って、何言わせんだ。だいたい、夏休み中は俺もフォローできないんだぞ？　迂闊な格好で海に行って、痛ましい犠牲者が出たらどうする」

本人は無自覚で、俺も時々忘れそうになるが……あの元勇者殿は美少女なのだ。

照りつける太陽のもと、一夏の出会いに浮かれてすばるに声をかけた陽キャ（マリンタイプ）が、海上まで吹っ飛ばされて粉砕爆散する可能性は減らしておきたい。
海洋汚染は昨今深刻な問題だからな。

「そんなこと言っちゃう？」

「いろいろと知ってるんだろ？　ヒヤリハットで済まない事故も起きてるんじゃないのか？」

「まあねー」

苦笑して吉永さんが認める。

すばると一緒にいれば、そういうこともあるだろうさ。

「んで、アタシにはどれが似合うカンジ？」

「んんっ⁉」

何だって俺に聞くんだ。

それにしても、どれも布面積が小さすぎやしないだろうか。

こんなもので、吉永さんのボディをカバーしきれるのか？

「あ、エッチな想像をしたね？」

「からかうのはやめよう」

どうやら、俺をからかうためにわざと持ってきたらしい。

「強いて言えば〜？」

「またそれか……。強いて言えば、その赤い花のやつ」

「んじゃ、アタシはこれにしよっと。後ろがつかえてるしねぇー」

後ろ？

吉永さんが身をひるがえすと、そこには申し訳なさそうにする麻生さんの姿。

まさか、麻生さんまで？

「私も、いいかな？」

「もちろん」

なんだか、恥ずかしげに尋ねてくる麻生さんに思わず食い気味に即答してしまった。

示された水着は二着。

カラフルなフリルビキニと、落ち着いた色のパレオ付き。

正直、どちらも似合いそうだ。

意外とグラマラスな麻生さんなので、どちらでも充分に可愛くなると思うが……！

「うーむ」

「あはは、そんなに真剣にならなくていいよ。青天目君なら、どっちを着た私と遊びたい？」

不意な質問にたじろぎつつも、波打ち際で麻生さんとたわむれる自分を妄想する。

「こっち、かな」

「似合う？」

フリルビキニを身体に合わせてみせる麻生さんに思わずドキっとしつつも、頷く。

「なら、これにするよ。ありがとうね！　青天目君」

「どういたしし、まして？」

半ばしどろもどろに返しながら、大きく息を吐き出す。

緊張する選択の連続だった。

これなら魔王軍を指揮して王城攻めをしている方がまだ気楽だ。

「よっ、お疲れさん」

「耀司、見てたなら助けてくれよ」

「いやー、面白いもん見せてもらったぜ。これはひと夏の体験、イケちゃうんじゃね？」

バカか、耀司。

ひと夏の体験は無責任だから楽しめるんだよ。

新学期始まって気まずい思いとかしたくないからな。

大体……俺があの三人と何とかなるわけないだろ。

「んでんで？　あの三人だと、誰が本命よ？」

「さあな。みんな可愛いでいいんじゃないのか」

「おいおい、見てみたくねーの？　自分で選んだ水着を纏った女の子たちをよ……！」

まぁ、妄想するだけならタダだろうが……そんな状況になることはまずないだろう。

そこに到達できる未来を想像できない。

「どの子もイケっと思うんだけどなぁ」

「ああ、だろうな」

「だろ？」

「水着女子を見たい人生だった」

耀司が不思議そうな顔で俺を見る。

「話、噛み合ってなくね？」

「え？　噛み合ってるだろ？」

耀司と顔を見合わせていると、女子勢が戻ってきた。

三人とも満足顔で実に結構なことだ。

「んじゃ、打ち上げ行っときますか」

「どこにする？」

「フードコートで良くね？　多少騒いだって大丈夫だしよ」

ショッピングモールには飲食店も多くあるが、確かにフードコートなら気軽だし……お値段も控えめだ。

それに制服姿の高校生がいたって問題にはならないだろう。

「異論ある人？」

念のため、かしまし娘たちに確認を取るが、むしろどの店で何を選ぶかでワイワイしている。杞憂だったようだ。

しかし、テスト明けに友人と打ち上げ。しかも女子同伴。

こんな青春っぽいムーブがあっていいんだろうか。

何か、恐ろしいことが待ち受けてるんじゃないだろうな。

「蒼真、顔にネガティブが浮き上がっているのです」

「なにそれこわい」

「テスト勉強を手伝ってもらったお礼に、蒼真の分はわたしが持つのです！」

そう笑って、マジックテープの財布を開けるすばる。

本当に大丈夫か……？

ラブコメにあるまじき一撃だからやめよう。

「んじゃ、おつかれー！」

耀司の音頭を合図に、紙コップで乾杯する。

なかなか青春っぽくていい……なんて感慨に浸っていると、隣に座ったすばるが俺の前にポテトをそっと置く。

お布施のつもりだろうか。それならそれで、せめてMサイズにしてくれ。

「蒼真、今回は助かったのです。よかったら次もお願いするのです」

「そりゃ構わんが……普段から勉強はしとけよ？　あと、青天目な」

やり取りを見た吉永さんが思わず噴き出す。

「前から思ってたけどさ……。お父さんかっての！　ウケる！」

「オレも同感。何ていうかさ、もうちょっとあんだろ。距離感」

陽キャ二人に笑われて、思わず顔をしかめる。

「これが……『パパみ』なのです……!?」

「そんな言葉はない」

バブみの類義語を創造してはいけない。

しかし、ズルだのなんだの言っていたのに現金な奴だ。

「そんなに効果あるなら、アタシも受けたかったな。『青天目ゼミ』」

妙ちきりんな名称をつけるのはよそう。

「あ、ここゼミでやったところだ！　……って、なるか！」

「なるのです」

俺のノリツッコミに深く頷(うなず)いたすばるを見て、またもや爆笑する吉永さん。

テスト明けのテンションだろうか。いや、確かにはしゃぎたい気持ちはわかる。

灰色の中学生活と対比すれば、現状は実にカラフルで……驚きに満ちている。

「蒼真どん、蒼真どん……どうしてオレっちを誘ってくれなかったんだい……」

「誘ったが来なかったじゃないか。それに、日月(たちもり)は特別だからな」

あの学習法は、すばるが元勇者で以前に魔力パスを繋いだからこその手法だ。

まあ、『賢人の秘薬(エリキシルオブセージ)』の提供くらいならやぶさかではないが、それでも効率は落ちる。

元勇者のすばるであれだけの負担があったのだから、一般人である耀司に流し込めばパンクして頭が沸騰(パーになる)するかもしれない。

「……ん？」

何故みんなして俺を見ているんだ？

耀司は何やらニヤニヤしているし、吉永さんは慈愛に溢(あふ)れた目で俺を見るし、麻生さんはなんだか少し驚いた顔だ。

それでもって、すばるは何故か少し赤い顔で俺を睨んでいる。

「どうした？」

「青天目君って、天然なんだね……」

麻生さんが、そこはかとなく脱力した様子で口を開く。

まぁ、人工ではないけど……いや、天然ってほどでもないだろう。

この間、相模と河内に「空気読めない」って言われたけども！

「そういえば、海に行く予定なんだよね？」

いたたまれない空気を察してか、麻生さんが話題を変えてくれる。

全力で乗っかるしかない。

「ああ、夏休みに海に行く予定があってさ」

「そそ、オレの親戚の旅館でリゾートバイト。急にリゾート化して人手が足りないってんで、体力のある高校生をこき使おうってことらしくてさ」

「へぇ、いいじゃん。リゾートバイトなんてちょっと憧れるかも。アタシはまだバイトとか禁止だからできないんだけどさ……」

少し寂しげにする吉永さん。

病気は完全に治したはずだが、経過観察中であるらしい。

まったく、医者というのは疑り深い連中だ。

「よかったら、遊びに――……」

途中まで笑顔だった耀司の口が止まった。

視線の先は俺の背後。そして、ちらりと俺に目配せ。

……問題ない、気づいてはいる。

「よー、楽しそうじゃねーか？　おれらも交ぜてくれよ」

振り返ると、相模と河内……あと、知らない人。

なかなかステレオタイプなバッドボーイだ。

浅黒く焼いた肌に金髪、趣味の悪い金のアクセ。

ピアスは耳と鼻にいくつか。太く筋肉質な腕にはよくわからないタトゥーも入っている。

なかなか、気合いが入ってるじゃないか。

相模と河内もこのくらいやれば、キャラクター性が確立するのにな。

「調子乗ってるっつってたの、こいつらかよ？」

「ッス」

男はニヤニヤしながら俺たちを見る。

「お、ちょうど女が三人いんじゃねーか。遊びに行こうぜ。ひと夏の体験させてやるよ」

近づく男と相模たちに麻生さんと吉永さんが体を強張（こわば）らせる。

「やめてくれませんかね。怖がってますよ」

どう穏便に事態の収拾（しゅうしゅう）をはかろうかと思案しているうちに、耀司が引きつった笑いでこの場を収めようとする。

動きを止めた男はジロリと耀司を睨み、ずかずかと歩いてきて……イスごと耀司を引き倒した。

「なんだテメェ？　ナマ言ってんじゃねぇぞ？」

「暴力反対……なんつって。ぐっ」

男は半笑いの耀司を掴み上げ、容赦なく殴りつける。

耀司のうめき声が聞こえたかどうか、という瞬間……俺とすばるは同時に、そして超高速で男の前に踏み込んだ。

それでもって、男に撃ち込まれるはずだったすばるの拳を右手で止めた。

直撃そのものはしなかったものの、完全に止めきれずに発生した衝撃波が男の身体を打ち据える。

強烈に脳や内臓を揺さ振られた男は、その場でいろいろな液体を放出しながらどさりと崩れ落ちた。

……ま、死んでなきゃセーフだろ。

「すばる、抑えろ。殺すな」

息を荒くするすばるを左腕で包み込んで、抱き留める。

くそ。こんな時じゃなきゃ、役得と決め込んで堪能してやるんだが。

ちなみに右手は今ので粉砕骨折&神経断裂している。

「おい、耀司。大丈夫か？」

「いってぇ……」

だろうな。かなり強烈に殴られていたし。

あとでこっそり回復魔法を飛ばしてやるから少し待ってろ。

「な、なんだよ！　見せもんじゃねーぞ！」

「どけよ！　おら！」

背後では逃げようとしている相模と河内が、周囲の野次馬にスマホで撮影されていた。

「よーし、よし。落ち着け。な？」

「わたしはとても落ち着いているので放してほしいのです」

「ホントか？　トドメの一撃、ぶち込まないか？」

「……」

おいおい、怖（こ）えーな！

そこは、ＹＥＳ（はい）と答えろよ！

まったく、相模たちといい、この男といい自殺行為はほどほどにしてほしい。

すばるもすばるだ。怒ったからって聖撃込みの殺人パンチを繰り出すもんじゃない。

楽しいフードコートがＰＴＳＤ（トラウマ）に満ちた凄惨な事件現場に早変わりするところだったぞ。

「テスト明けに警察沙汰（ざた）とかシャレにならねぇ。行こうぜ」

すばるを抱きかかえたまま「怪我人とおりまーす」と声を上げると、人垣がすぱっと割れる。

その間を俺たちは、そそくさと通り抜けた。

＊＊＊
「いやー、軽い騒ぎになっちまってんな」

トラブルに見舞われた打ち上げの日の夜。

昼間の出来事は瞬く間に拡散され、ＳＮＳ上でちょっとした話題になってしまっていた。

すばるの輝く右ストレートもばっちり映ってる。

ぱっと見、よくできたＣＧにしか見えないのが救いだが。

「まいったな……。これだけ広がったら呼び出しがあるかもしれないぞ」

「げ、丸岡の説教とか勘弁だぜ。はー……ネット強い系のヤツに頼んで工作しとくか」

「ああ、頼むよ。せめて顔はぼかしておいてほしいな」

こういうネット動画は初動が重要だ。

さっさと通報して削除してもらうに限る。

「しっかし、日月ちゃんの拳、何で光ってんだろうな？」

「拳が光って唸ってるんだし、シャイニング云々じゃないか？　良くできたＣＧだよ」

「あれ？　リアルでも光ってなかったっけ？」

「やっぱり病院で精密検査を受けたほうがいいんじゃないか？」

周囲の野次馬も含めて数人が目にしているかもしれないが、まあ……すぐに割り込んで止めたし、何とでも誤魔化しはきくだろう。

というか、動画自体に魔法を仕込めばいけるか？

絵画に呪いを込める魔法がないでもない。動画でも何とかなるだろう。

井戸の底から這（は）い上がる何某（なにがし）も、そのような呪いを使っていた気がするし。

いけるいける。

「ま、夏休みに入ったら仕切り直しって名目でまた集まろうぜ。なんなら、みんなでプールとかどうよ？」

「悪くないな」

「お、素直じゃん」

「お前相手に取り繕（つくろ）ったって、仕方ないしな」

せっかくの高校生活だ。

思い出作りはしっかりしていきたい。

女子の水着を見る機会があればなおいい！

「蒼真がやる気だから、オレっちもちょっと本気出しちゃうぜ？」

「お手柔らかにな。そんなに金はないぞ」

「まかせろって。最高の夏、演出してやんよ！」

さすがボーントビィー陽キャは頼りになる。

……とはいえ、この灰森耀司という男は、ときどきとんでもないことをしでかすので、少し注意をせねばならない。

魔王もびっくりのサプライズは、心臓に悪いからな。

本当に、お手柔らかに頼みたいところだ。

「ま、しばらくはおとなしくしていようぜ。特にお前と日月ちゃんはガチ目に映ってっからさ」

「そうさせてもらう。なに……予定通りに引きこもってゲームでもしている」

「んだな。それじゃ、また連絡するわ」

通話が切れる。

さて、次はすばるの相手をしないとな。

窓を開けて、家の前の道路を覗き込むと思った通り、すばるが立っていた。

まったく。呼び鈴を押すなり、俺に連絡するなりすればいいものを。

「どうした？」

すばるにだけ聞こえるように声をかけてやると、俺の方にゆっくり顔を向けた。

何やら深刻そうな表情をしているが……。

さては、また何かあったか？

「ちょっと待ってろ」

認識疎外の魔法を使ってから周囲を確認し、道路にふわりと飛び降りる。

「蒼真……」

「どうしたんだ？　こんな時間に」

「ごめんなさい、なのです」

俺の右手を取って、すばるが俯く。

再生能力でもうすっかり治っていて、痛みもない。

「またやってしまったのです」

「ああ、それか。気をつけろよ？　俺が止めなきゃ、あわや大惨事だったぞ」

思わず苦笑する。

俺に放たれる分にはまだいいが、一般人がアレをもらえば葬儀屋とそれ専門の清掃業者が必要になるからな。

「なの、です。蒼真がいなければ、大変なことになっていたのですぅ」

「お、おい……」

ぐずりだしたすばるに些か焦る。

『日月昴』は……元勇者はこんなだったたか？

俺に弱みを見せるような人間だったろうか？

「蒼真にも、怪我をさせてしまったのです」

「俺のはもう治ってる。大丈夫だから気にするな」

俺の右手を握って、すばるが首を振る。

「どうして……わたしは、普通の女の子でいられないのです？　どうして、こんな……」

いよいよ本格的に泣きだしてしまうすばる。

俺の右手を弱く握る手は小さく震えて、今にも離れそうだ。

それを握り返して、すばるを軽く抱き寄せる。

「よーし、よし。落ち着け。泣くな泣くな」

「う、ぐす……ぅぅ」

心中、軽いパニックになりつつも、すばるの頭をやんわり撫でくる。

「今日のは仕方なかった。すぐに対処しなかった俺も悪い。……それに、友達を助けようとするのは、正しいことだろ？」

そう、俺のミスだ。

みんなの前で普通じゃない対処法を取りたくなかった。

その結果、耀司は怪我をして、すばるにはあんな行動をさせてしまった。

呪いなり魔法なり、あるいは暴力を揮ってでも、早急にあの男を制圧するべきだったのだ。

「だから、ほら。泣くなよ」

「はい、なのです」

「よし」

そう言ったものの、すばるは抱き着いたまま離れない。

「すばる？」

「もう少しこのままがいいのです」

「何だそりゃ」

まるで甘える猫のように頭を押し付けるすばるに軽く笑いつつも、抱擁（ほうよう）を返す。

今日くらいは少し甘やかしたっていいだろう。

だって、今ここにいるすばるは『普通の女の子』だ。

柔らかくていい匂いがする、ちょっとしたことで傷ついてしまう、弱い『普通の女の子』なのだから。

「……………………（蒼真がいないとダメなのです）」

「ん？　何か言ったか？」

「な、なんでもないのです！」

焦った様子で急に俺から離れるすばる。

残る体温に少しばかりの名残惜しさを感じるが、元気になったならそれでいい。

「蒼真、ありがとうなのです。今日は帰るのです」

「おう。摑まれよ。〈転移（テレポート）〉で送る」

「はいなのです」

差し出した手を無視して、すばるは笑顔で……でも、少し恥ずかしそうな表情で俺に再度抱き着く。

「すばる？」

「こうした方が転移酔いが少ないのです」

「……なるほど。それじゃいくぞ」

すばるの柔らかさと信頼を感じながら、俺は軽く指を振って魔法を発動させた。

いつか夢見たあの日のように。

さて、夏休みに入って一週間がたった。

本格化した夏の日差しが容赦なく降り注ぐ中、俺は最寄りである『西門台駅』の改札前広場を横切りながら、耀司の平謝りを耳にしている。

本来なら、今ここにいるはずだったのだが。

『あいや――……面目ない』

実に軽い様子で謝罪する耀司に、俺はため息をつく。

まあ、予想されたことだ。

『話は通してあるからよ。先に現地入りしといてくれ！　補習が終わり次第、オレも追いかけるからよ』

「はいよ。しっかりお勤めしてこい」

丸岡の補習はまさにお勤めというのに相応しい、実に規律正しいもののようで、俺は毎日愚痴を聞かされた。

もっとも、再テスト自体はクリアしたらしく、実際にバイトが始まる明日には合流できるとのこと。

……正直、ほっとした。

俺一人で南の島なんて、ぞっとするような状況だ。

『んじゃ、また後で連絡するわ！』

「ああ。着いたら連絡する」

通話を終えて、ポケットにしまったスマホがすぐに震えだす。

何か言い忘れたことでもあったのか？

「ん？」

取り出すと、ディスプレイには『日月昴（たちもりすばる）』の表示。

はて、今日からバイトに出ると伝えてあったはずだが……何か用事だろうか？

トラブルはやめてくれよ……？

「どうした、すばる」

『今、どこなのです？』

「西門台だけど？」

『そうではないのです。駅のどこにいるかと聞いて――……あ、いたのです』

「ん？」

近づく気配に振り向くと、そこには大きなバッグを抱（かか）えたすばるが、ちょんと立っていた。

白いワンピースに麦わら帽子というシンプルな格好は、すばるの可愛らしさを際立（きわだ）たせるようで、いつもより少しばかり目立っている。

「何してんだ？」

「見つけたのです！」

質問に答えなさい？

「ふふふ、実はわたしも一緒にアルバイトすることになったのです」

「――は？」

満面の笑みと共に放たれた、突然の申告に思わず啞然とする。

「ふふふ、実はわたしも一緒にアル――……」

「いや、それは聞いた。どういうことだ？」

「灰森(かいもり)君が女性スタッフも足りてないとぼやいていたのです」

確かに、人手が足りない……猫の手も借りたいと言っていたが。

しかし、耀司。猫の手は大きなトラブルを起こしたりしないんだぞ？

こう、肉球がフニフニしてて……まぁ、すばるの手も柔らかいが……いや、そうではなく。

よし、落ち着こう。

俺がパニックになってどうする。

「……迷惑だったのです？」

「いいや。少しびっくりはしたけどな。親御さんとか大丈夫なのか？」

「パパとママは蒼真(そうま)がいるならＯＫだそうなのです」

「親としてその判断はどうなんだ……」

面識がないわけではないが、仮にも同級生の男に危機管理を丸投げするなんて。

ああ、違うか。親であれば、すばるの諸々に気がついていないはずがない。

それを制御できると踏んでの、ご指名か。

はあ……。

判断としては、正しい。よく理解した采配と言えるだろう。

ただ、すばるを一人の女の子として見た場合はどうなんだ。

うっかり何か間違いとかあったら、とか考えないのだろうか？

最近はなんだかすばるも距離を詰めてきてるし……。

なんというか、俺だって極めて正常な男子高校生なんだけどな。

いや、任された以上多少の過ちもセーフということか？

「若さゆえの過ちは認めなくていい」って赤くて三倍の人も言ってたし……。

「どうしたのです？」

「何でもない。何でもないとも！」

「そうなのです？　夏にお友達とお泊まりでアルバイトなんて、楽しみなのです！」

屈託ない笑顔のすばるを見て、ハッとする。

正直、このリスキーな元勇者がアルバイトなんてと思ったが、『お友達の紹介で初めてのアルバイト』なんて、なかなか〝普通〟で特別な体験だ。

そうとも。普通の女の子として、そういうのもアリかもしれない。

何かありそうなら、俺がフォローすればいいしな。

「接客なんてできるのか？」

「陰キャ魔王の蒼真に言われたくないのです」

「痛いところをついてくれる……ッ！」

そういえば、いつの間にか俺のことを『レグナ』と呼ばなくなったな。

何か心境の変化でもあったのだろうか。

「ま、フォローはしてやる。ほどほどに気をつけてな」

俺の言葉に、すばるが不思議そうな顔をする。

時々見せるこの顔が何を意味しているのか、俺はまだ知らない。

「一緒にいてくれるのです？」

「ああ。放っておいていたいけな観光客を挽肉（ひきにく）にされては困るからな。いいか？　魔法とスキルは禁止だからな？」

「わかったのです」

俺の注意に小さく笑って、すばるが頷（うなず）く。

珍しく素直なことだ。

「その代わり、困ったら助けてほしいのです」

「おうよ」

「本当なのです？」

「疑り深い奴だ……！」

苦笑する俺に、すばるが小指を差し出す。

「ずっと一緒にいるって、約束してほしいのです」

指きりとは可愛らしいところもあるじゃないか。

そんなことをしなくても、ちゃんと守ってやる。

――今度こそ、自由に生きればいい。

「約束だ」

すばるの小指に自分の小指を絡ませて、指きりの誓い言葉を二人で口ずさむ。

少しばかり気恥かしいが、悪くない気分だ。

「さてと、それじゃあ行くか」

「はいなのです」

二人で笑い合って、並んで歩く。

「楽しみなのです！」

「そうだな」

前世では見上げることもなかった青い空の下――元魔王と元勇者……俺たち二人の、忘れられない夏休みが騒々しく始まった。

あとがき

みなさま、ごきげんよう。

本作を手に取っていただき、誠にありがとうございます。

はじめましての方は「はじめまして」、そうでない方はいつもお世話になっております。

右薙光介でございます。


私を知らない方に軽く自己紹介しておきますと、普段は現実とは異なる世界を舞台としたファンタジー作品を書いている木っ端作家でございます。

ご興味がありましたら、お手すきに『右薙光介』で検索してみてくださいね。


さて、そんな私ですが……実のところ、コンテストの受賞は本作が初となります。

ええ、ずっとファンタジーばかりを書いてうっかりとプロ作家になり、もう数年にもなろうというのに、初の受賞は〝ラブコメ〟なんですよ！

……人生、何が起こるかわからないものですね。

とはいえ、本作『現代転生した元魔王は穏やかな陰キャライフを送りたい！～隣のクラスの美少女は俺を討伐した元勇者～』は、ラブコメとしてはファンタジー色の非常に強い作品となっております。

勇者、魔王、魔法に魔法道具……普段はラブコメで目にしない言葉が並んでいて、中にはびっくりされた方もおられるやもしれませんね。

ただ、それはこの物語における『設定』、つまり構成要素の一つにすぎません。

本作は純然たるラブコメであり、ちょっぴりおかしな青春を過ごすボーイミーツガールな物語なのです。

しかし、おそらく本作は、皆さんがこれまで触れてきたラブコメ系ラノベとは少し違っていて、かなり奇妙に見えるかもしれません。

「いくらラブコメが非現実的だって、ここまで現実離れしてないぞ！」
「魔法で解決とか魔王きたない！　さすが魔王きたない！」
「すばるかわいい！　はああ、かわいい‼」
「次は水着回か……。いつ出発する？　わたしも同行する」

なんて思われた方も、おられたのではないでしょうか？

そういった感想、思いのたけ、パッションはどしどしダッシュエックス文庫編集部さんにお送りください。私にファンレターとして届きます（たぶん）。

本作を創作するにあたって、作者本人としては子供の頃に愛読していた『きまぐれオレンジ☆ロード』などのイメージを上手く現代風に、そして〝うなぎテイスト〟に落とし込めないか……とのアイデアで書き始めました。

原稿の完成当初は「なかなかよくできた」なんて満足げに自画自賛していたのですが、群雄割拠のラブコメ界隈（かいわい）――あいにく書籍化のお誘いなどはとんと来ず。

「チキショウメェ！　こんなに面白いのに……」と、しばし悲しい思いをしていたのですが、ふと「ラブコメと言えば集英社。そうだ集英社ｗｅｂ小説大賞に申し込もう」なんて京都に行くくらいの気軽さでコンテストに申し込んだ結果……見事、書籍化を果たしてみなさんのお手元に届いているというわけです。

偉い人が「諦（あきら）めたら試合終了ですよ」なんて言っておられましたが、本当ですね。

何事も諦めずに挑戦し続けることが大切だということを、再確認しました。

さて、ここまでつらつらと語って参りましたが、最後にお世話になった皆様に謝辞を。

イラストレーターのｍｍｕ（エムエムユー）様。本作にぴったりの素敵なイラストを添えていただきまして、ありがとうございます。ラフや設定画が届いたときには思わず「おぉ……！」と声がもれました。

集英社様。このたびは受賞、そして出版の機会をいただきまして、誠にありがとうございます。受賞の連絡をいただいたときは、びっくりして飛び上がってしまいました。この場を借りてお礼を。

担当編集様。ご連絡をいただくたびに褒めていただいて、とてもうれしかったです。一緒にお仕事をしていただき、本当にありがとうございます。

本作の編集・営業・販売に携わった皆様。感謝いたします。皆様のおかげで、読者さんに本書をお届けすることができました。

そして、なによりも……本書を選んでくださった皆様！

数ある書籍の中から本書を選んでくださり、本当に、本当にありがとうございます！

この物語を楽しんでいただけたなら、幸いです。

それでは、いずれまたお会いできることを願って。

２０２３年７月

この作品の感想をお寄せください。

あて先　〒101-8050　東京都千代田区一ツ橋2-5-10
集英社　ダッシュエックス文庫編集部　気付
右薙光介先生　mmu先生

ダッシュエックス文庫

現代転生した元魔王は穏やかな陰キャライフを送りたい!

～隣のクラスの美少女は俺を討伐した元勇者～

右薙光介

2023年7月30日　第1刷発行

★定価はカバーに表示してあります

発行者　瓶子吉久
発行所　株式会社　集英社
〒101−8050　東京都千代田区一ツ橋2−5−10
03(3230)6229(編集)
03(3230)6393(販売／書店専用) 03(3230)6080(読者係)
印刷所　株式会社美松堂／中央精版印刷株式会社
編集協力　後藤陶子

ISBN978-4-08-631515-9 C0193

【第3回集英社WEB小説大賞・大賞】
銃弾魔王子の異世界攻略
―魔王軍なのに現代兵器を召喚して圧倒的に戦ってもいいですか―
緑豆空
イラスト／赤嶺直樹

【第3回集英社WEB小説大賞・大賞】
銃弾魔王子の異世界攻略2
―魔王軍なのに現代兵器を召喚して圧倒的に戦ってもいいですか―
緑豆空
イラスト／赤嶺直樹

山本君の青春リベンジ！
夜桜ユノ
イラスト／あかぎこう

7月31日発売
キングダム 運命の炎
映画ノベライズ
原作／原 泰久
脚本／黒岩 勉 原 泰久
小説／藤原健市

サバゲーで命を落としたミリオタが貴族の息子として異世界転生！ 元の世界の銃器を召喚する特殊スキルで敵国に反撃する逆襲譚!!

復讐を果たすため、極北の魔人の国で力を蓄えるべく雌伏の刻を過ごすラウル。過酷な修練で心身を鍛え、ついに進撃の時を迎える!!

奇病が原因で体重130キロ超。容姿のせいで周囲に虐げられる山本君。天才美少女医師の協力で、不遇な青春をやりなおせるか…？

国民的大ヒット漫画『キングダム』の実写映画第3弾のノベライズ。原作でも大人気の馬陽防衛戦を緻密に、ドラマチックに表現する。

ダッシュエックス文庫

【第3回集英社WEB小説大賞・銀賞】
万能スキルの劣等聖女
〜器用すぎるので貧乏にはなりませんでした〜
冬月光輝
イラスト／ひげ猫

【第3回集英社WEB小説大賞・銀賞】
万能スキルの劣等聖女2
〜器用すぎるので貧乏にはなりませんでした〜
冬月光輝
イラスト／ひげ猫

【第3回集英社WEB小説大賞・銀賞】
世界最強のジョブ・レンダー《職業貸与者》
〜パワハラ勇者パーティーから追放された少年の異世界無双〜
九十九弐式
イラスト／桑島黎音（れいん）

【第3回集英社WEB小説大賞・銀賞】
破壊神様の再征服
〜世界征服をしたら救世主として崇められるんだけど〜
溝上　良
イラスト／さなだケイスイ

突出した才能がないことを理由にパーティーから追放された聖女は実は全てが超優秀!? フリーに転身して評価を上げて成り上がる!!

魔王軍主力との戦いを控えた王国に召集されたソアラたち。“千年魔女”を筆頭とした戦力で対するのは、人間を憎む魔王軍の女騎士!?

チート職業を貸与していたハズレ職業の幼馴染に追放され、自由の身になったトール。自分にも職業を貸与して新しい仲間と冒険へ!!

世界征服に失敗し封印された神が千年の時を経て復活。精霊が支配する世界を再び恐怖の渦に陥れようとすると、なぜか感謝されて!?

【第2回集英社WEB小説大賞・大賞】
レベルダウンの罠から始まる
アラサー男の万能生活
ジルコ
イラスト／森沢晴行

【第2回集英社WEB小説大賞・大賞】
レベルダウンの罠から始まる
アラサー男の万能生活2
ジルコ
イラスト／森沢晴行

【第2回集英社WEB小説大賞・金賞】
許嫁が出来たと思ったら、その許嫁が
学校で有名な『悪役令嬢』だったんだけど、
どうすればいい？
疎陀 陽
イラスト／みわべさくら

【第2回集英社WEB小説大賞・金賞】
許嫁が出来たと思ったら、その許嫁が
学校で有名な『悪役令嬢』だったんだけど、
どうすればいい？2
疎陀 陽
イラスト／みわべさくら

地味なギルド雑用係は史上最強冒険者!? ダンジョンの改変で発見した隠し部屋を予想外の手段で使い、万能で楽しい二重生活開始！

二つの顔を持つアレンのもとに行商人の妹が帰省した。兄を心配するあまり、ジョブチェンジや恋の後押しなど世話を焼いてきて…？

突然すぎる許嫁発覚で、平凡な日常が一変!? すべてがパーフェクトな『悪役令嬢』と一つ屋根の下生活で、恋心は芽生えるのか…？

悪役令嬢・彩音との同居にも慣れてきたある日、浩之の幼馴染の智美と涼子が大喧嘩。その原因を友達たちは察しているようだが…!?

ダッシュエックス文庫

【第2回集英社WEB小説大賞・銀賞】
迷子になっていた幼女を助けたら、お隣に住む美少女留学生が家に遊びに来るようになった件について
ネコクロ
イラスト／緑川 葉

【第2回集英社WEB小説大賞・銀賞】
迷子になっていた幼女を助けたら、お隣に住む美少女留学生が家に遊びに来るようになった件について2
ネコクロ
イラスト／緑川 葉

【第2回集英社WEB小説大賞・銀賞】
迷子になっていた幼女を助けたら、お隣に住む美少女留学生が家に遊びに来るようになった件について3
ネコクロ
イラスト／緑川 葉

【第2回集英社WEB小説大賞・銀賞】
迷子になっていた幼女を助けたら、お隣に住む美少女留学生が家に遊びに来るようになった件について4
ネコクロ
イラスト／緑川 葉

迷子の幼女のお姉さんは、誰もが惹かれる転校生!? 高嶺の花だったはずの彼女がご近所さんとなり、不器用ながら心を近づけていく。

衝撃のキス事件以来、どこかぎこちない二人。そんな中、延期していたシャーロットの歓迎会が開かれ二人の関係は確実に変化していく。

驚きの「お願い」以降、ぎこちない雰囲気のふたり。一緒に過ごす時間で少しずつ自分たちの気持ちを確かめていき、ついに変化が!!

長い時間をかけて恋人同士になり甘い時間を過ごす二人。一方、学校ではこの事実で大騒ぎとなり明人の過去を知る後輩まで現れて!?

【第1回集英社WEB小説大賞・大賞】
社畜ですが、種族進化して最強へと至ります
力水（りきすい）
イラスト／かる

【第1回集英社WEB小説大賞・大賞】
社畜ですが、種族進化して最強へと至ります2
力水（りきすい）
イラスト／かる

【第1回集英社WEB小説大賞・大賞】
社畜ですが、種族進化して最強へと至ります3
力水（りきすい）
イラスト／かる

【第1回集英社WEB小説大賞・大賞】
『ショップ』スキルさえあれば、ダンジョン化した世界でも楽勝だ
～迫害された少年の最強ざまぁライフ～
十本スイ
イラスト／夜ノみつき

自他ともに認める社畜が家の庭にできたダンジョンで淡々と冒険をこなしていくうちに、気づけば最強への階段をのぼっていた…!?

今度は会社の同僚が借金苦に!? 偽造系の能力で人を騙す関東最大勢力の獄門会に襲撃を宣言し、決戦までの修行の日々がはじまる!!

何者かの陰謀で秋人が殺人犯に仕立て上げられた。鬼沼はボスを取り戻すべく『烏丸和葉ネットアイドル化計画』の妙案を発動する！

日用品から可愛い使い魔、非現実的なアイテムも『ショップ』スキルがあれば思い通り！最強で自由きままな、冒険が始まる!!